KB077328

꽃밭

금당 이재복 시선집

꽃밭

2019년 12월 30일 제1판 제1쇄 발행

지은이   이재복
펴낸이   강봉구
엮은이   김영호

펴낸곳   작은숲출판사
등록번호 제406-2013-000081호
주소   10880 경기도 파주시 신촌로 21-30(신촌동)
전화   070-4067-8560
팩스   0505-499-8560
홈페이지 http://cafe.daum.net/littlef2010
이메일   littlef2010@daum.net

ISBN 979-11-6035-080-6 03810
값은 뒤표지에 있습니다.

※이 책은 대전문화재단에서 지원받았습니다.

꽃밭

금당 이재복 시선집

작은숲

| 차례 |

제2부 살구나무에 부치는 노래

제3부 꽃밭

제4부 겨울의 기도

제5부 항아리

언젠가 한 권의 시집^{詩集}을 세상에

− 다시금 빛을 보게 된 아버님의 글

아버님의 장서 속에서 찾아낸 빛바랜 원고뭉치 제목 중에서 아버님의 원고 한 머리가 떠오릅니다.

한 권의 시집(詩集)을 세상에….

지난날 내 한때 옹색한 일로 하여 남의 급전을 고리변으로 쓴 일이 있다. 쉬이 갚으려니 한 것이 달이 가고 해가 바뀌도록 갚을 길이 막연하던 그때의 초조함이란 이루 형언키 어려운 것이었다.

이미 그 채무를 갚아버린 오늘날에도 오히려 무거운 채무를 질머진 사람모양 늘 죄짓고 초조한 세월을 치루며 있음은 또 무슨 까닭에서일까. 봄에나 가을에나 혹은 내년에

나 하고 미루어온 여러 가지로 빛나던 나의 소망들이 마흔의 나이를 넘도록에 속절없이 이르고 보니 얼굴에 미운 주름살 보듯 이제 내가 나를 스스로 외면하고 싶은 검연쩍은 생각이 든다. 누구는 마흔 살을 일러 미혹(迷惑)의 나이라지마는 세상을 살아오는 동안 인생의 많은 채무를 짊어진 나는 이미 인생의 한나절이 겨운 어느 그늘에서 머뭇거리며 있는 것일까? 그중에 한 가지 '시집'을 한 권 엮어내어 세상에 한번 물어보리라 벼르면서도 망설이다가 시렁에 언저둔 채 보야얗게 쌓인 먼지와 함께 그대로 묵히어 오기 벌써 몇 해를 지났다. 하기사 무어 그리 대견한 일은 아니지만은 한 권 시집을 엮어 세상에 내놓는 일로 내 생애의 무거운 채무에 대한 한쪽 끝전이라도 갚는 것이 아니냐 싶은 속셈인데 그를 생각하면 올해도 더더구나 난감해진다.

한참도 더 일하셔야 할 때, 그것도 당신께서 펼치셨던 세계의 모든 것을 조용히 갈무리하며 매듭을 지으시려 할 때 홀연히 떠나가신 아버님에 대한 생각은 날이 갈수록 더해만 갑니다.

아버님의 돌연하신 입적 후 오랜 동안 그늘진 마음의 뒤안길에서 지침(指針)을 잃고 망연히 서성이던 저는 당신의 서고(書庫) 깊은 곳에서 「언젠가 한 권의 시집(詩集)을 세

11

상에」라는 제목의 빛바랜 원고뭉치 하나를 발견한 이후부터 온몸에 전율을 느끼며 저의 할 일을 찾아 헤매기 시작하였습니다.

한평생 부처님의 일과, 육영사업과, 시작(詩作)만을 위해 몸 바치신 아버님의 유업(遺業)을 밑거름으로 하여 앞으로 소중한 보람의 연꽃들이 만개할 것이라고들 합니다만, 정작은 당신의 손으론 세 길 모두 아무 것도 정리하여 놓지 않고 떠나셨습니다.

이제 아버님의 시선집이 이렇게 새로운 모습으로 세상에 다시 그 의미를 묻게 되었습니다. 평생 제자들의 등단을 기쁨으로 삼아 자신의 시집 출간을 미루셨던 아버님께서도 마음 한편으로는 시인으로 한 권의 시집을 엮어 세상에 내놓는 일을 당신 생애의 무거운 책임으로 여기셨음을 알고 통한(痛恨)의 마음을 달랠 수 없었기에, 이번 시선집의 출간은 더욱 그 의미가 큽니다.

아버님께서 항시 대중처소에서 경계하시던 조고각근하(照顧脚根下)라는 공안어구가 생각납니다. 제가 서 있는 무릎 밑 발치를 겸허히 비추어 살펴보라는 말씀이라 일러 주셨지요. 내가 사는 모습과 내가 사는 세계에 대한 겸손한 성찰로부터 모든 것을 시작하라 하셨지요. 앞으로도 그러한 마음가짐으로 살아가겠습니다.

아버님! 저 빛나는 연화장엄의 화장세계(華藏世界)에서
더욱 바쁘시고 보람찬 나날 보내소서.

2019년 12월

불초소자 동영(東榮)이 올립니다(장남, 전 우송정보대 교수)

제1부

내 가슴 속에는

사향思鄉

내 어릴 적 자라던 곳은 첩첩산중이었오.
삼동(三冬)에 눈이 발목지게 쌓인 아침이면
함박꽃만한 짐승들 발자욱이
사립문 밖으로 지나간 걸 더러 보았오.
삼대독신(三代獨身), 불면 꺼질듯한 나는 강보에 싸여
있고
아버지 마지막 꽃상여는 "어하 넘차" 떠났다는데…
괴괴한 달밤이면 뒷동산에서
노루 처량한 울음을 울고
가끔 부엉이 소리도 섞여 들릴제
'호랑이 얘길하면 호랑이가 오고
도둑놈 얘길하면 도둑이 든다기'
찍소리 못하고 엎디어 있노라면
어머니는 빙그레 웃으시면서
이불을 씌워 주고 다독거리며
화로에 묻어 둔 알밤을 꺼내 주시더니.

이제 어느듯 돌아갈 수 없는 너무나 점잖은 어른이 되었오.

　　아하! 그 때만 해도 내 한평생에는

　　무던히 행복하던 시절이었나보오.

(1940년)

산가 山家

돌아보면
나즈막한 지붕 위로
흰 구름장이
할 일 없이
넘어 가고
넘어 오고

벌건 흙담 모롱
따사한 양지 쪽에
모여 놀던 아이들이
싱거워
헤어지고

잃을 것도
바랄 것도 없는 듯이
사립문 비스듬히

노상 열려 있다.

(1940년)

기도 祈禱

보살(菩薩)하.

저 어린 것들로 하여금 저 어름장 속의 숨었는 찬란한 꿈을 믿게 하소서.

그 차디찬 가슴 밑 낭자히 엎드린 꽃과 나비와 꾀꼬리 울음 같은 것을 기두르게 하소서.

삼백예순날 항시 서러운 중생(衆生)들 목숨엔 또 한 겹의 서러운 연륜(年輪)이 감기나 봅니다.

세월이란 차라리 욕된 것, 치우쳐 선(善)한 사람들만이 고난(苦難)의 수레를 밀어가는 이 냉혹(冷酷)한 거리인가 하옵는데

호올로 일어 회한(悔恨)에 녹아 흐르는 촉(燭)불 지키옵고 지루한 어둠을 세우옵나니

이 아침 내 가난한 문살을 더듬어 아련히 트여오는 맑은 뜻을 무에라 사뢰오리까.

보살(菩薩)하.

나로 하여금 새옷을 갈아 입게 하소서.

(1946년)

어느 날

가난도 재앙이라 말다툼이 늘 잦것다
안해는 뾰죽해지고 나는 먼산 바라보고
어린 놈 영문을 몰라 어리둥절 서 있다.

나만 홀로 그럴테냐 남도 매양 이럴 것을
스스로 마음 눅여 짜증을 달래자니
피어문 담배연기만 온방 자욱 어린다.

(1946년)

어머니

아버지 일찍 여읜 두 남매를 재워놓고
품갚음 바느질감 외오 밀어 던져 두고
달 환한 창머리에서 몰래 울던 어머니.

서울로 올라가던 어리든 가슴 안에
나도 남보란 듯이 모실 날을 믿었오만
세상일 속아 속아서 설흔살이 넘다니.

끼니마다 산나물죽 아무려면 어떠냐고
다만 믿어오기 이몸 하나 뿐일러니
주름살 그늘진 오늘도 꾀죄죄한 그저 그 옷.

보람도 헛된 날로하여 넋은 반이 바스러져
간간이 망령의 말씀 꾸중보다 더 아픈데
서럽도 않은 눈물을 어이 자주 흘리시오.

갈퀴같은 손을 잡고 서글퍼 하는 나를

고생이 오직하냐 되려 눈물 지우시니

갈수록 금 없는 사랑 하늘 땅이 넓어라.

(1949년)

꽃

지금
너의 빛나는 눈을 하고 있는 것은
무엇일까.

어느 하늘 가에 피어난 꽃망울의 열심(熱心)
그것과 그때 너의 사랑하는 한 사람의 저 선연한 모습을
너는 분간할 수가 있을까.

지금은 없는 이의
그
살아 있을 적보다 더 낭랑(朗朗)한 저 귀익은 목소리.
너를 잊을 수 없는 것과
아
나의 이 서러운 서러운 앙천(仰天)
나는 지금 어디에 있을까.
그리고
너는…

(1950년)

길 2
— 물재사형勿齊詞兄에게

바삐 가다가도 뭉클 솟아 오르는 것
움켜쥐려며는 빈 주먹만 가슴에 얹히고.
날아간 새 한 마리 꽃은 지는데
물 위에 바람가듯 나는 가누나.

(1951년)

애정愛情

울화가 치밀어
홀로
애태울 적에

고녀석
빨간 볼에
눈도
까만 녀석이

뱅그레
기어오는 걸
덤썩
안아 주었어.

(1951년)

나

　내다볼 수 없는 삶을 위하여 나는 참 많은 나와 함께 살아왔다.

　이제, 폭음(爆音)이 내버리고 간 불 탄 자리에 주저앉아, 또 하나의 나를 기다리며 조용히 잠이 들었다.

　지나는 바람이 나를 흔들어 깨운다.

　눈을 뜨자 모르는 얼굴과 마주쳤다. 같이 걸어가는 동안에 벌써 시새움이 생기고, 이내 서로 한판 싸움이 벌어진다.

　어느 겨를엔지 새로운 세월이 달려 와서 두 사이에 망각(忘却)과 간음(奸淫)을 가르친다.
　그리하여 하루밤을 지새운 아침, 나란히 누워 있던 방 바닥에는 구겨진 생활(生活)의 조각과, 그리고 하얀 촉루가 굴러 있다.

이렇게 나는 또 하나의 나를 불 탄 자리에 묻어버리고
내다 볼 수 없는 나를 위하여 세월과 함께 간다.

(1952년)

출항出航

어느 한계(限界)이기 별리(別離)의 손을 들어 흔드는
가, 남아 있는 사람들이여. 인간(人間)의 편력(遍歷)이 필
경 인간(人間)의 집에 이르는 영겁(永劫)의 회귀(回歸)에
서, 바다에서 뭍, 뭍에서 바다, 무수한 굴절(屈折)과 교착(
交錯)의 생태(生態)를 정리해 가는 아득히 먼 역정(歷程)
이, 종점(終點)을 부정(否定)하며 종점(終點)을 향하여 순
환(循環)한다. 돌아다 보면 과수원(果樹園)과 묘지(墓地)
와 몇 벌 남루한 사상(思想)과, 그리고 이 황무(荒蕪)한 마
지막 시간(時間)위에, 우리는 또 어찌한 별리(別離)를 대
기(待機)함이뇨.

망막(茫漠)한 해면(海面)이 가슴으로 연(連)하여 비등(
飛騰)하며, 뭇 포효(咆哮)가 부서진다.

이제, 나의 출항(出航)은 구토(嘔吐)를 최촉(催促)하는
파도(波濤)의 어지러움을 가르며, 보이지 않는 피안(彼岸)
의 이미지를 횡단(橫斷)하여 부침(浮沈)한다. 남아 있는
사람들이여.

(1953년)

29

사모곡思母曲

하 그리 아쉬워 하시던 시름 이제 모두 거두옵신가, 싸늘하고 엄한 빛으로 조용히 돌아오신 임종의 얼굴, 아손(兒孫)들 사랑하심으로 쓰라린 눈부신 애린(愛隣)이야 한밤에 난만한 별을 어이면 다 헤오리마는, 필경은 홀로서 오고 홀로서 가는 길이옵기 한 세상 애태온 삶을 이리도 홀히 벗으시오니, 서름에 피가 맺히인들 오히려 살아 있음만의 부질없는 것인가 하여이다.

아하, 지금은 오월달, 당신의 씨앗 길루 자란 텃밭머리 푸른 산 굽어든 기슭에 당신의 무덤 둥글게 이루어지고, 거기는 솔바람 소리며 시냇소리며 온갖 풀꽃들이며, 함께 어울린 환한 양지쪽, 아늑하기 차라리 맑은 운치로 안기어 눈 감으신 자리인가 하옵는데, 어찌타, 이 고난의 세월을 자고 새는 아침마다 얼컥 내키우는 그리운 모습, 아련 들릴 듯도 한 그러한 음성, 그 서운한 생각 속에 나의 보람 고이 지녀 목숨 우러러 사옵다가 내게도 어느 날에사 열어 주신 문으로 마침내 그런 아침이 밝아 올 것을 믿으옵나니, 마음 스사로 가벼워짐을 느끼옵내다.

(1953년)

한 생각

보던 신문(新聞)위에 정전(停電)이 되다.
복잡(複雜)한 기사(記事) 속에 내가 있다.

의식(意識) 내지 내세(來世)
끔찍한 일이다.

나의 모두가 정지(停止)되는 날
이렇게 외우게 될
그 기사(記事)를 생각해 본다.

(1954년)

얼굴

그 눈빛들이며 입모습이며, 마지막 표정(表情)까지도 똑같은 얼굴들이

서로 항분(亢奮)*된 간격을 메꾼 싸늘한 두개골(頭蓋骨)과 그것을 가리운 숙명적(宿命的)인 인상(印象)과,

보면 볼수록 도무지 식별(識別)하기 어려운 너 아닌 나의 얼굴.

(1954년)

* 떨쳐 일으키는

내 가슴 속에는

내 가슴 속에는
고난(苦難)의 물결,
세월이 아픈 아우성으로
굽이 굽이
금강(錦江)이 흐르네.

내 가슴 속에는
가파른 낭떠러지,
낙화암(落花岩) 으스러지는
소쩍새 울음이
들리네.

내 가슴 속에는
대천(大川) 바다 한가운데
한꺼번에 풀어헤친 어지러움을
훨 훨 물새들이

나르네.

내 가슴 속에는
애끓는 이조(李朝)의 달빛
현충사(顯忠祠) 앞뜰을 지키는
열 아름 은행나무의
헌걸찬 육신(肉身)이
서 있네.

내 가슴 속에는
저 무령왕릉(武零王陵)의
금관(金冠)이며, 금목걸이 금귀고리 금팔찌
또 무엇 무엇
그보단 더 황홀한 이야기들이
으리 으리
묻혀 있네.

내 가슴 속에는
갑사(甲寺)로 가는
우거진 숲길의,
솔잎 내음 밀리어 오는 종(鐘)소리
지금도 은은히
메아리지네.

내 가슴 속에는
사철 꽃이 피고 꽃이 지는데,
조용한 눈으로 먼 앞을 내다보는
지혜(智慧)로운 이마, 계룡(鷄龍)의 멧부리가
의젓이 솟아 있네.

내 가슴 속에는
충청도(忠淸道) 사투리,
죽어도 못 잊을 착하디 착한 웃음들

그 어수룩한 울타리 넘어로
보고지운 하늘,
늘 새로운 해가
떠오르네.

(1971년)

경칩전후 驚蟄前後

꽃샘에 며칠을 앓아 누운 자리에서
나는 비로소 나 있음을 깨닫는다.

꽃샘에 며칠을 앓아 누운 자리에서
나는 비로소 남들과 함께 있음을 깨닫는다.

꽃샘에 며칠을 앓아 누운 자리에서
나는 비로소 나 아닌 것과의 스스로운 화해를 깨닫는다.

꽃샘에 며칠을 앓아 누운 자리에서
나는 비로소 세상의 모든 것이,
이를테면 미운 것 싫은 것 괴로운 것마저도

모두가 내게는 절실한 것들임을 깨닫는다.

(1973년)

제2부

살구나무에 부치는 노래

물

바위를 뚫는 마음으로
늘 멀리멀리 흐릅시다.

해와 달이 뜨고 진달들, 무어요 우리 그냥
말갛게 잊고 흐릅시다.

크고 넓은 것은 낮은 데 있는 것.
모든 그림자와 함께 흐릅시다.

마지막 그 넓고 큰 가슴에 안기어
일곱빛 찬란히 송두리째 부서질
낮은 데로만 머리 숙이고 흐릅시다.

(1941년)

코스모스

맑은 하늘 아래 호젓이 피고 싶은
마음이었다.
야윈 그림자를 서로 의지하고 서는
그리움이었다.
잠 아니 오는 밤, 귀또리 울음을
견디어 새면
내 얼굴도 한결 하얗지야
내 눈도 한결 빨갛지야.

(1941년)

장터

썰그러진* 바라크**에는 간판(看板)이 너무 컸다. 널판
쪽 위에선 철안든 계집이 술잔을 기우린다. 장바닥에는
모두가 팔러 나온 사람들이요, 사러 나온 사람들이다. 무
수한 언어(言語)가 범람(氾濫)한다. 욕지거리가 튀기쳐 난
다. 고함을 지른다. 어디서 또 멱살드잽이가 벌어졌나부다.

(1943년)

* 한 쪽으로 기울어지거나 비뚤어진
** 임시로 허술하게 지은 집

장승 2

오늘도 다들 지나간
산촌(山村) 어귀에 홀로 서서

스산한 세월 오가는 길가에
숱한 이야기 모두 잊었노라.

툭 불거진 눈망울
바람 소리 저무는데

열병(熱病) 도는 집집마다
기침이 자지러지고

피난 온 아주먼네
간밤 곡성이 낭자하더니

어처구니 없는 이 마을

한 줄기 소망인 양

당산 나무 금줄이
비인 하늘에 걸려 있다.

(1943년)

염원念願

들끝에 쥐불 훌훌 사위어가는 밤

울도 쓰러진 허문 장독대

청자 사발에 정화수 떠놓고

허리 굽으신 할머니 외로 돌아 서서

새해라 기리운 정 늙은 가슴도 이리 흔들리는가

두 팔로 만월(滿月)을 그려 한 아름 합장(合掌)하고

조아려 비는 마음

하늘아, 아예 휘영청 밝지 마라.

(1944년)

45

입춘 立春

마당 가에 무료(無聊)히 거닐던 할아버지
손바닥을 오긋이* 귀 뒤에 대고
쿵, 쿵 울리는 먼 포(砲)소리
어두운 고막(鼓膜)에도 궁거운** 음향(音響)
알아낸들 하기사 무얼하료만
아스라한 방향(方向)을 가뭇이 더듬노라면
손주놈은 호이호이 팽이를 돌리고
어루만지는 흰 수염

(1949년)

* 안쪽으로 오그라져 있게
** 궁금한

점경點景*

열지어 섰던 바쁜 사람들이
막차에 실리어 마침내 떠나가고
가로닫힌 매찰구(賣札口) 앞에는
외투(外套) 봉창**에 손을 지른 채
내일 떠날 발차시각(發車時刻)을 외우는데
대합실(待合室) 안을 들여다 보면
어둑한 구석에서
할아범이 비를 들고
내버린 오늘과 돌아올 아침을
쓸고 있다.

(1949년)

* 멀리 점점이 이룬 경치
** 호주머니의 사투리

피에로

소슬히 둘러친 포장은
밴드 울리는 소란한 소리에
두꺼비 턱밑처럼 헐떡이고
천오백 와트 전촉(電燭) 밑에는
무수한 눈들이 허영(虛榮)과 같이 반짝인다.

이윽고 단장(團長)의 거만한 신호(信號)가 떨어지자
백척간두(百尺竿頭), 까마득한 꼭대기에
선뜻, 물구나무를 선
피에로! 피에로의 발끝에는 다시
오색(五色)진 공 한 개 뱅글뱅글 돌아간다.

피에로는 저도 실상 어떻게 될지 모르는
아슬아슬한 주검의 상투 위에서
관중(觀衆)의 땀을 쥐고 조이는 간(肝)들을
내려다 보며 능히 씽끗 한 번 웃었다.

피에로야!
요괴(妖怪)로운 구슬을 지닌
보석장사야! 너는
입장료(入場料)와 그리고 열광(熱狂)된 박수(拍手)를
위하여
슬픈 집시의 하늘을
또 기다려야 한다.

서글픈 재능(才能)을 몇 가지만 더
준비(準備)하여야 한다 피에로야!

(1951년)

초설初雪

며칠 두고 매운 바람 그리 세우 불더니
간밤사 소리도 없이 첫눈이 내려
먼 산도 이웃들도 아슬한 한빛
가슴도 희어 넘치게 희어
숨이 도로 막히는고녀.

어디든 거닐고 싶은 허젓함이기
빠스스각 빠스스 밟히는 소리
머리를 들며는 비인 가지에
쪽달은 당그라니 걸려 기운데
먼 먼 천축(天竺)을 가시던 이도
이런 새벽을 홀로 가신가.

이 외진 고샅길을 발써 걸은 이 있어
자옥 자옥이 삼가로이 밟고 갔는데
어찌면 알상부를 그 이름을 생각노니

바람도 없는 싸느란 하늘에선
눈발이 연신 내리네, 덮이네.

(1951년)

제야除夜

삼백육십오일은
부질없은 어제일레

자고 새는 밤이야
그 밤도 그 밤이려니

열두 층계 돌아다보며
서운한 제 그림자.

발밑에 모래성은
자꾸만 무너져도

어둠 속 어디인 듯
솟아나는 염원은

눈물처럼 아름다운

선달
그믐
밤.

(1951년)

웅계 雄鷄*

    산호(珊瑚)빛 넓죽한 벼슬에 넘노는 꼬리를 가졌음은 너 분명 구천(九天)**에 나는 봉황(鳳凰)의 후예(後裔)로 일컬음이 있거늘, 어인 적소(謫所)***에서 풀리지 못한 몸으로 무거히 거치른 따 위에 내려와, 저 오동(梧桐), 서설(瑞雪)의 보금자리를 잊은 지 이미 오래 되어, 한낱 범금(凡禽)****과 더불어 두 발로 흙을 파헤집어, 구차(苟且)히 좁은 창자를 채우기에만 골몰하느뇨.

    필시 오랜 세월(歲月)을 두고 사무치는 형벌(刑罰)을 치른 죄중(罪重)한 몸이었기, 까마득한 오늘에도 가느단 횃대 위에 위태히 올라 앉아 삼가로이 지새이는 밤 매양 돌아오는 그 시각이면, 선조 적 놀란 가슴 홀연(忽然)히 잠을 깨어, 두 활개 황겁히 툭툭 치고, '꼬끼요' 울음 운다.

(1958년)

* 수탉
** 땅속 깊은 밑바닥이란 뜻으로, 죽은 뒤에 넋이 돌아가는 곳을 이르는 말
*** 유배지
**** 평범한 조류

살구나무에 부치는 노래

뉘라 알리
맴도는 세월의 오늘
새 이른 아침 문(門)을 열면 거기 뜻않게도
천수천안(千手千眼) 당신께서* 시현(示現)하여 계시옵
니다.

맵고 시리운 얼부푼 바람 속
눈보라도 조찰히** 백화(百花)로 피우시는 슬기로움으로
주옵실 그 날의 찬란한 뜻을
내 마음 빈 자리에 지니어 누리게 하소서.

지금은
온갖 있음이 오히려 저를 모질게 하는
서슬푸른 채찍 앞에 거슬려 있는 계절(季節)이오매
너 나 없이
잃음과 가난에 지쳐 전율하는가 하옵니다.

드디어 내 사랑의 노래를 부르는 날
구름 일 듯 드리운 맑은 꽃그늘
당신께서 마련하실 아늑한 마음을 이루기 위하여서

아니라면
나로 하여금 차라리 이대로
메마른 팔죽지를 치켜
먼 하늘 우러러 허허히 흐느끼는
한 그루의 기다림으로 서 있을
살구나무이게 하소서.

(1959년)

* 관음보살이 과거세의 모든 사람을 구제하기 위해 변화하여 나타낸 몸.
천 개의 손과 눈이 있어 모든사람의 괴로움을 그 눈으로 보고 그 손으로
구제하고자 하는 뜻을 나타낸다.
** 깨끗하게 씻고 닦아

가을 1

내 이미
얻은 것은 무엇인가
생각다 못해

내 또한 잃은 것은
무엇인가
돌아다 보면

잎 다 진
감나무 가지에
주저리가
붉었네.

(1964년)

능수야 버들은

능수야 버들이
휘늘어진 사이로
아득히 먼
백제의 하늘

자랑과 부끄럼의
저
비늘구름 좀 보아라.

세월은 할 일 없이
흘러만 가고
사람들은 꿈결같이
살다가 갔다마는

눈시울에 젖어드는
내 고향, 말 끝이 느리디 느린 사투리를

너는
웃는다마는

그늘진 구석의
질그릇 요강에 고인 찌부러진 이 가난을
너는 웃는다마는

아, 어느 날엔가
약동하는 선율처럼
나부끼는 깃발처럼

그 모든 것들이
바람이 되어 와서 흔들어 주면
좋은 바람이 되어 와서
흔들어 주면

능수야 버들은
흥
제 멋에 겨워서
휘늘어질테지.

(1971년)

바람

그것은 있달 것인가
그것은 없달 것인가

사랑하는 눈짓으로
슬기로운 속삭임으로

얼마쯤 흔들리다가
흔들리다가 보면

모든 것은 죽어버리네
놀빛에 흩날리는
가랑잎처럼
가랑잎처럼 모든 것은
죽어버리네.

그것은 있달 것인가

그것은 없달 것인가

헤매이는 몸부림으로
서러운 울부짖음으로

얼마쯤 흔들리다가
흔들리다가 보면
모든 것은 되살아 나네
겨울 나무 빈 가지에
새로 버는 꽃망울처럼
꽃망울처럼 모든 것은
되살아 나네.

(1972년)

제3부

꽃밭

조국祖國

당신은 일찍부터 운명절정(運命絶頂)에 있었습니다.
피투성이 얼굴들과 그리고 당신을 흔들어 주는
자욱한 깃발 위에서 얼마나 숨막히는 기쁨이었습니까.

삶과 주검을 하나의 의미(意味)로 빛내이는
당신의 이름 아래, 이미 많은 사람들이 살며 죽어가며
아수라(阿修羅)의 꽃밭 사이로 높이 솟은 절정(絶頂)에
있었습니다.

푸른 바다 소용돌이치는 물보라에 근심스레
젖어있는 당신이 이제 모든 인류(人類)의 이름으로 소
망(所望)하는
절정(絶頂)이 될 줄은 정말 몰랐습니다.
당신의 그 눈부신 이마가 초점(焦點)으로 바라뵈는
열모(熱慕)하는 수많은 목숨이 쓰러져 가고
외오쳐 부를 무서운 선서(宣誓)를 생각하여 봅니다.

수많은 어진 목숨이 죽어가고 또 죽어가고
모든 알음알이로는 발붙일 수 없는 사랑
당신은 일찍부터 까마득한 절정(絶頂)에 있었습니다.

마지막 한 마디 외오쳐 부를 무서운 선서(宣誓)
'자유조국(自由祖國)을 위하여'

(1940년)

청년青年아

사람은 차라리
죽기 위하여 산다는 새로운 정의(定義)를
청년(靑年)아 믿지 않거든
다극(多極)에 실존(實存)한
오늘을 보라.

모든 역사적(歷史的)인 심미(審美)가
꿈으로 용해(溶解)되고
자살(自殺)이 하나 장미로 바라뵈는
절망(絶望)의 언덕에 선
청년(靑年)아.

구겨진 가슴을 도로 펴면
너도 필경은
원수가 아니었으니,

과실(果實)을 삼킨 죄일기(罪日記)를

누구와 다시 의논하랴

저마다 키에르케고오르와 카뮈의 위기(危機)를 달리며

오직 원자(原子)를 예감(豫感)하는 그늘에서

훈장(勳章)도 없이 죽어가는

나의 청년(青年)아.

(1940년)

만종晚鐘

흔들리는 가슴을 믿고 쇠북은 울어라.
뎅, 뎅, 뎅, 천근(千斤) 쇠북은 울어라.
서라벌 오랜 탑(塔)을 고려를 이조(李朝)를
아, 해방(解放)의 거리를 쇠북이여 울어라.
쇠북 소리 음파(音波)는 멀리 사무쳐
절로 울렁이는 가슴에 사무쳐.
북새질 쌈하던 성(城)도 무너지고
높다란 대리석(大理石) 집도 무너지고
울리는 쇠북 소리는 그대로
자개 노을 구름이 되는구나.
모두 고요히 잠기는 이 황혼(黃昏)을
어룽진 낡은 용(龍)무늬 아람 버는
기둥 하나를 물들이는데.
흔들리는 가슴을 믿고 천근(千斤) 쇠북은 울어라.

(1945년)

금강교 錦江橋

  한 세기(世紀)의 지혜(智慧)를 받치어 이룩된 너. 그러나 너의 의장(意匠)은 오늘 몽환(夢幻)같은 하나의 가공(架空)이었다. 단절(斷絶)되어 내려앉은 가슴이었다.

  네가 그리던 아이디어는 억세게 흐르는 현실(現實)의 물살 위에 오늘 무엇을 입증(立證)하느뇨.

  지주(支柱)여!

  너의 파괴(破壞)된 위대(偉大) 앞에 가장 서글픈 원시적(原始的) 목선(木船)을 타고 나는 또 강(江)물을 건너야 한다. 눈앞엔 뿌연 바람 이는 모래밭이 보인다.

  자욱한 저쪽 도선장(渡船場)에서도 수런거리는 그림자들이 몹시 초조(焦燥)한가보다.

(1945년)

부산항 釜山港

    새벽 안개가 차츰 걷히어가는 항구(港口)에는 자욱한 저류(底流) 위로 고층건물(高層建物)과 굴뚝 꼭대기가 칙칙한 환상(幻像)같이 솟아 오르고 이내 썰그러진 집들이 보이고 황망히 교착(交錯)된 가로(街路)가 보이고, 이리하여 사람들 서성대는 그림자가 나타날 무렵이면 의례 검푸른 기적(汽笛)이 울고 희부연 선창에는 밀립(密立)한 선박(船舶)들이 어젯밤에 들었다는 위험(危險)한 기상예보(氣象豫報)를 생각하면서 또 어지러운 항로(航路)로 움직이기 시작한다.

(1946년)

바다

　창세기(創世記)의 첫 페이지, 하늘과 땅과 모든 강하(江河)가 함께 응결(凝結)해 있던 카오스에서, 굶주린 즘생처럼 흘러와, 이제는 영원히 환원(還元)할 수 없는 위치(位置)에 펼쳐 누운 그대로, 밤낮을 격동(激動)하여 반전(反轉) 하는가. 바람은 검은 조수(潮水)를 밀고 온다. 사변(思辨)의 꽃잎이 부저지며 난다. 그 풍요(豊饒)한 육체(肉體)는 지금 자기분열(自己分裂)의 광란(狂亂)에서 한창 겹치고 뭉기대고 울부짖는다. 거기, 절망(絶望)과 같은 그런 것이 소용돌이치는 가슴 위에 무수(無數)한 깃폭이 퍼덕인다. 일며 꺼지며 종시 내어걸리지 않는 깃폭들이.

　해가 잠기어가는 저쪽에, 무한(無限)을 필적(匹敵)하는 수평(水平)이 열모(熱慕)의 빛으로 물들고, 그 수평(水平)을 바라보는 나의 가슴에는 소금에 젖은 해일(海溢)이 가득해지는 것을 느낀다.

(1946년)

제트기

거대(巨大)한 죽지에서 튀기쳐 떨어지는 섬광(閃光)을 본다.

신형(新型)의 매사온 폭음(爆音)을 듣는다.

제트기여! 병든 나의 지도(地圖) 위에 하늘을 찌르는 화염(火焰)을 올려 다오.

고지(高地)에 하찮이 묻혀 있는 전사(戰士)의 주검 위에, 오늘보다 더한 참극(慘劇)이 덮쌓일지라도

원수와 은혜가 상극(相剋)되는 층운(層雲)을 헤치고

마지막, 크나큰 소망(所望)의 결론(結論)을 기다려

초속력(超速力)에 매달려 내닫는 인류(人類)의 애원(哀願)이여!

그러나 돌아보라. 정확(正確)히 돌아가는 초침(秒針) 끝에 발디딤하고

너의 쓸모 있고 없음을 생각하는 자 있나니.

(1948년)

애도구장哀悼九章*

나라 헐리우고 풍운(風雲)이 거치를제
솟궂는 젊은 가슴 터지는 의열(義烈)의 힘
후리쳐 왜놈을 잡고 바다 멀리 떠나셨네

해외만리(海外萬里) 겪은 풍상(風霜) 백발(白髮)로 오
시던 날
온 겨레 받드는 마음 해님처럼 우러르니
평생(平生)을 나라 위하심 거룩도 하여이다

꿈 속에도 그리던 고국(故國) 다시 밟는 임의 기쁨
그 기쁨 서글피도 남북(南北)이 나뉜 오늘
삼팔선(三八線) 드나드시며 달래신 뜻 고마워라

통일조국(統一祖國) 지키신 뜻 우리 함께 모시던 임
미친 바람결에 저 먼 세상 가시오니
하늘 땅 무너지온 듯 앞이 캄캄하외다

겨레여 뉘우쳐라 지난 날로 돌아 가서
쫓기고 짓밟히고 울며 산 일 생각하여
모두들 무릎을 꿇고 영령(英靈) 앞에 함께 울자

삼천만(三千萬) 두 줄기로 흘리는 눈물로도
가시는 임의 길을 막지 못할 이 서름을
하늘도 알으시는지 구름 자욱 흐렸다

일편단심(一片丹心) 반백년을 조국광복(祖國光復) 위
한 임이
겨레의 총을 맞아 쓰러져 가시다니
슬프다 동족상잔(同族相殘)이 어이 이리 심하뇨

피로 거름사신 이 강산 무궁화(無窮花)야
눈물로 가꾸신 가지마다 피는 송이

74

임께선 못 보신대도 이어이어 피오리다

지는 해 새아침엔 다시 환히 비치듯이
남기신 큰 뜻이야 해두곤 밝으리니
꿋꿋이 쌓으신 보람 강산(江山)은 빛나리다

(1949년)

* 김구(金九) 선생의 서거(逝去)를 애도(哀悼)하여 쓴 시

노루의 피

　머루 다래 얼크러진 덩굴 속에 칡순 두릅순 수리취 더덕 고사리 순이 파릇이 돋았는데 등따신 햇볕 아래, 발돋움 기인 목을 더 느리어 입술 야목야목 야들한 새순 잘라먹고 잘라먹고 게을리 엉금엉금 산그늘로 내리어 조찰히 흐르는 시냇물 한모금 쭈욱 들이켜곤 맞은편 살구꽃 환한 골짜기 안개 엉긴 바위서리 한잠 조으려고 점벙점벙 물 속을 건너렬제 몰이꾼들 와 와 소리치며, 여기저기서 몰려들어 앞뒤로 에워 싼다.

　얼된 짐승, 두 눈이 팽글 돌아 냅다 뛰어 숨이 컥컥 막히도록 비탈로 치달아 자잘한 나무숲을 저만큼 헤집고 내닫는데 목지켜 지그시 고누던 엽총 방아쇠 긁어당기며, 쾅! 또 쾅! 쏘는 소리 후미진 골 안을 찌르렁 울릴제, 탄알은 이미 염통을 꿰뚫어 삐이삐 외마디 소리 처량히 높았을 뿐 돌너덜에 고꾸라진 채 네 굽을 번갈아 뻗치어 비인 하늘을 허우적거리다 살아서 순하던 눈 죽음에 다달아 한번 흡떠보지 못하고 그냥 그대로 쓰러지고 말았다.

총쟁이 몰이꾼들 이리떼마냥 달려들어 저도 실상 어느
제 어떻게 죽을지 모를 똑같은 주검을 좋아라 낄낄대고 그
중 늙으신이 꽁무니에서 대롱을 뽑아 뚫어진 염통 구멍에
선듯 질러대고 점잖이 줄줄줄 삼키는데 설핏한 먼산 어디
선지 정녕 또한 마리의 노루 울음소리 찢어진 듯이 들려오
고, 연치의 차례대로 뒤이어 빨아 쭈룩쭈룩 오열하는 대롱
밑 더운 피는 자꾸만 졸아들어 다같이 부질없는 이 공간(
空間)에서 노루는 두 눈 고이 감고 다만 푸새겄 새기던 푸
르딩딩한 혀를 외오 빼어 물었다.

(1950년)

봄 잔디

눈 속에 맺힌 마음 속으로만 뿌리 벋어
새봄 햇볕 아래 뾰죽뾰죽 돋아난다
겨우내 얼었던 것이기 정답기가 이렇지.

(1950년)

금강호반소견錦江湖畔所見

　육중한 철교(鐵橋)는 난리통*에 마구 부서져 동강이 동
강이 놀란 가슴처럼 덜컥 내려앉고, 철근(鐵筋)이 튀기쳐
나온 지주(支柱)는 육간**에 황소 대가리 같이 무거운 원한
이 엉기었는데……

　색안경(色眼鏡), 텁석뿌리, 흰두루막, 여우목도리.
　화물차(貨物車), 자전거, 쇠구루마, 바소코리***.
　모두들 바쁜 듯이 나룻배 건너오길 기두리고 있다.

　어둡는 나루터 황량(荒凉)한 사장(沙場)에는 가마니때
기로 둘러친 선술집, 난가게들이 옹기종기 다붙어, 그야
말로 사상누각(沙上樓閣)의 서글픔 속에 한밀천 잡기를
시새움하는 곳

　양담배, 양과자, 꽃뱀처럼 서리어 담은 목판 임자, 영리
한 아이들은 오나가나 다름없이 딴 목청을 돋우어 외치며

낯서른 아저씨들 틈을 누비어 번갈아 나타난다.

강 건너 보이지 않는 어둠 속에서도 지껄이는 소리 흐
느끼는 물결에 섞이어 삭막히 들려오고. 야위어 가는 모
닥불 둘레에는 대머리, 눈끔쩍이, 개발코, 키껑충이 이런
어지러운 그림자들이 새로운 소문에 귀를 기울이고……

찬 바람에 홀홀 끄림 서리는 장명등**** 아래 요염(妖艶)
한 여인(女人) 하나이, 배 닿는 시각도 아끼는 듯 손거울을
이모저모로 번뜩이며 진한 입술을 새삼 매만지는데 이윽
고 배는 삐득이며 건너 온다.
슬프고 호사로운 어둠도 겹겹이 밀려 온다.

(1952년)

* 한국전쟁
** 정육점
*** 싸리로 만든 삼태기
**** 대문 밖이나 처마 끝에 달아 두고 밤에 불을 켜는 등

제비

이미 어느 세월이던가, 낡은 집 추녀 밑을
기꺼운 듯 지줄대며 날아들던 제비 한 자웅*
바람 사나운 날 홀연히 함께 떠나가버리고
넘나들던 울섶에는 비인 하늘만 남더니……

이제, 포성(砲聲)이 신음(呻吟)하는 저자, 회신(灰燼)**
한 집 뜰안에
　뉘우침 넘어, 해바라기 홀로 피어 도는 한나절을
　너희끼리만 높게 낮게 떼지어 원무(圓舞)하는가.

　여기 다 같이 누리어가는 서러운 목숨일진댄
　아, 끝없는 공중으로 저같이 무심(無心)할 수 있는
　나의 노래여.

(1952년)

* 암컷과 수컷
** 불타 재만 남은

두개골頭蓋骨

허물어진 묘혈(墓穴) 밖으로 반쯤 드러난 유해(遺骸)여
그 마지막 절망(絶望)의 날 관(棺)속에 들어
이 무덤 속에 안식(安息)의 자리를 잡더니
무너지는 세월은 그토록
단편(斷片)들마저 가려줄 수 없구나.
흑암(黑暗) 속에서도 바래져
힘에 겨워 구부러진 견갑골(肩胛骨)*은
과거의 임무를 끝마친 것처럼
이제 이리도 허무(虛無)에로 돌아갔는가.
한때는 남과 겨루어
귀중한 사상(思想)을 지니던 용기(容器)
너 두개골(頭蓋骨)이여
설사 어떤 귀중한 사상을 지녔더라도
이 말라빠진 공각(空殼)**을 누가 사랑하겠는가
희망(希望)과 같은 눈물이 괴어
정염(情炎)이 타오르던 안청(眼睛)***은 퇴화(退化)해

버리고

　퀭한 눈자위는 또 전운(戰雲)을 바라보는가.

　끝도 없는 불안(不安) 속을 아무 돌아봄도 없이 사라진

　친근히 부르던 아득한 이름도 잊혀지고

　나를 주의(注意)해 보는 것이었다.

　밤마다 번쩍이는 푸른 인광(燐光)****, 해골(骸骨)의 연
소(燃燒)여.

(1953년)

* 척추동물의 어깨부위에 있는 큰 뼈
** 빈 껍질
*** 눈알의 눈조리개 한가운데 있고 겉으로는 검게 보이는, 광선이 들어가
는 작은 구멍 부위
**** 인이 공기 중에서 자연 변화에 의하여 발하는 빛

분열分裂의 윤리倫理
― 지렁이 임종곡臨終曲

　검젖은 흙 속에 묻히어 찌르르 찌르르 목메인 소리. 기나긴 밤을 그렇게 새우던 지렁이 한 마리. 기다린 몸뚱아리 꾸불꾸불 햇볕 쪼이러 후벼 뚫고 나와, 검붉으리한 살결을 부끄러운 줄 모르고 질질 끌고 다니다가 어이하다 잘못 두 동강이로 끊기우고 말았다.

　끊어진 부위는 정녕 허리께쯤이라 짐작이 가나 둔하게스리 용쓰는 두 개의 단절(斷切)은 어느 것이 주둥이고 꼬리인지 짐짓 분간을 못할레라.

　한 번 잘리운 것이매, 어찌 구차히 마주 붙고자 원함이 있으리요마는, 한 줄기 목숨 함께 누리어 살아오던 장물(長物)이 이런 뜻하지 않은 재앙에 부딪쳐 서로 피흘리다 자진해 죽어버릴 아픔이 있어 끊어진 제가끔 비비꼬아 뒤틀다 뒤집혀 곤두박질함이여!

　차라리 슬픈 것뿐일진댄 또 한 번 못난 소리 찌르르 찌르르 울기나 하련만 창자와 목청이 따로 나누인 이제야 어인 가락인들 고를 수 있으리오. 그저 함부로 내둘러 그싯

는* 헝클어진 선율(旋律)이 마지막 스러질 때까지 두 개
의 미미(微微)한 몸부림이 따 위에 어지러울 따름이로다.

(1955년)

*굿는

회신灰燼*에 피는 장미

전설(傳說)도 아닌 불바다, 산산이 타버린 비인 터전에
우물 하나 퀭하니 깊은 어둠 속에 잠겨 있는데
새 진지(陣地)로 옮겼노라는 오빠 소식 들은 날 아침
자욱마다 미끄러지는 눈길 밟아 가는 조매로운** 마
음이여
살얼음 유리 같은 바닥 위에 질동이 사뿐 내려 놓고
둥근 어깨 일렁이어 자아올리는 숨결도 겨운 듯이
두레박 기우려 쏟아붓는 정하기 옥(玉)같은 물 넘치노니
속으로만 흐리는 지심(地心)의 체온(體溫)이 묻어 오른 양
퍼지는 햇살, 장밋빛 슬리는 김이 무럭무럭 피어오른다.

(1956년)

* 불 타고 남은 재
** 조마조마한

광복십년 光復十年

눈물과 징역과 더불어 맞선 총검들
적과 나와 모두 선한 마음씨로 돌아온
그 꽃같은 여름 팔월십오일.

오랜 세월 너무나 서러웁던
기쁨에 겨워 오히려 목메이던 그 날.
낡은 지붕 위로 태극기 내어걸린 그 날.
헐벗은 먼산도 빛이 새로워 뵈던 그 날.
핏줄과 핏줄끼리 서로 껴안고
차마 다실랑은 뉘우침 없자던 그 날.

그러나 겨레여! 어찌 세 번 뿐이랴.
열 번을 물어 열 번으로
내쳐 조국 대한을 모른다던
무도함은 끝내 남이 아니었고
그리하여 한때의 절망을 더불은 수난 속에

먼 나라의 어진 목숨들마저 바친

이 뼈저린 역사 위에

또 수많은 착한 사람들

아, 그 이름모를 산화한 착한 사람들.

광복 십년을 뉘 오래다 일컫느뇨.

세월이 흐른 게 아니라 내가 흘러온 것이다.

이제는 인류의 이름으로 수호되는 나의 조국

나의 자유.

우리는 언제나 옳으므로 빛을 돌이킨 팔월이 아니더냐.

해마다 과일은 익어가는데

눈부시게 고운 빛깔로 익어가는데

보라!

팔월십오일의 가슴에 꽃 한 송이 달아 주노라.

(1956년)

삼월일일 三月一日

나라 없는 설움에
머리 추어들 곳을 잃었더니라

총칼이래도
채찍이래도
이마로 받아
가슴으로 받아
맨주먹 맨손으로
사슬을 끊는단가

어름장 속에도
강물은 흐르는 것
징역의 세월도
핏줄은 흐르는 것

면면히 이어 온 양심을 안고

분노한 눈빛들과
원통한 가슴들과
봄도 일러 바람 찬
삼월(三月)이라
초하룻날

태극기(太極旗)
꽃처럼 아 꽃처럼 우거져
만발(滿發)한
골짜기에서
마을에서
변두리에서

하늘이 돕는
조국(祖國)이기에
옳음을 섬기는

겨레이기에

아니면
차라리 죽음을 달라
독립만세(獨立萬歲)
만세소리
자욱히 퍼지는
목숨의 소리

(1959년)

한글날
– 세종대왕 훈민정음 반포 515주년에

한핏줄 삶을 누려 지켜오는 이 강토에
반만년 눈 비 바람 서로 섞겨 살아온 건
오로지 나랏말의 그 보람이 아녔는가
한 마디 사투리에도 가슴 울려드는 것은
그 속에 숨은 얼이 메아리져 옴이려니
겨레여 그 사랑 말고 다른 무엇 있는가

저마다 지닌 사연 못내 펴는 서름을 위해 모두 다 쉽게
쓰라 마련하신 〈훈민정음〉
이로써 까막눈들도 새론 빛을 얻었으니 이 글을 지켜오
기 피묻은 자취었다.
차라리 목숨을 바쳐 가신 임도 계신 것은
우러라 조국의 밝음을 기약함일러니라니

이젠 잘 살아보자고 맹세한 너 아니냐
남의 것 따르다가 나마저 잃은

우리 오늘 이 〈한글날〉 뜻을 길이 모셔 살리라.

(1961년)

지사총 志士塚

여기
원통한 그
넋들이
묻혔는가

이름 모를
주검일레
서름도 마저 잊으련만

가을 빛
우러러보는
눈물
도는
하늘이여.

(1961년)

꽃밭

노란 꽃은 노란 그대로
하얀 꽃은 하얀 그대로

피어나는 그대로가
얼마나 겨운 보람인가

제 모습 제 빛깔따라
어울리는 꽃밭이여.

꽃도 웃고 사람도 웃고
하늘도 웃음 짓는

보아라, 이 한나절
다사로운 바람결에

뿌리를 한 땅에 묻고
살아가는 인연의 빛.

너는 물을 줘라
나는 모종을 하마

남남이 모인 뜰에
서로 도와 가꾸는 마음
나뉘인 슬픈 겨레여
이 길로만 나가자.

(1979년)

제4부

금강행

금강행金剛行
— 동해東海

하늘로 더불어 한빛 푸른
물결은

바위에 부딪치면
허옇게 웃어대고

언제나 무성한 꿈에서
너그러운 그 얼굴

내 귀는
소라처럼
파도(波濤)에 젖었는데

파아란 종이 같은
오후(午後)의
바다에는

갈매긴 오르나리며

무슨 악보(樂譜) 그리는지?

(1942년)

금강행金剛行
− 자마암自磨巖*

바랄에 살으리랏다
돌같이 굳은 사랑
다겁다생(多怯多生)에
두고 두고 잊을세라

별 총총 어두운 밤으란
내사 어찌하리라.

바랄에 살으리랏다
돌같이 굳은 사랑

다겁다생(多怯多生)에
두고 두고 잊을세라

고향 길 그립은 밤으란
내사 노래하리라.

(1942년)

* 지극한 부부의 사랑이 전해오는 전설의 바위

보살상菩薩像

나는 보살(菩薩) 안에 사는도다

보살(菩薩)은 산(山)이요

나는 작은 돌이로다

돌에도 꽃은 피는도다

꽃은 보이지 않고

향기 그윽히 들리는도다

보살(菩薩)은 내 가장 안에서 사는도다.

(1945년)

영零

1
영(零)은 나를 부정(否定)하고, 나는 영(零)을 부정(否定)한다.

여기서, 비극(悲劇)이 나를 분만(分娩)하였느니라.

2
누구의 운산(運算)*으로도 어쩔 수 없는 허무(虛無)한 단계(段階)에서

나는 또 하나의 질서(秩序)를 단념(斷念)하고야 만다.

3
모든 것을 지워버리고 또 구성(構成)시키는 너는,

절망(絶望)에서 구원(救援)으로 통하는 미지(未知)의 문이었다.

4

그리하여, 영(零) 아래 또 있는 아득한 수열(數列) 안에,

숙명(宿命)을 견디어 가는 나의 기수(寄數)^{**}가 적히어

있더니라.

(1952년)

---

* 주어진 식이 나타내는 일정한 규칙에 따라 계산하여 답을 냄
** 양을 표현하는 수

독백獨白
- 1952년 세모*의 거리에서

태양(太陽)을 구심(求心)하는 궤도(軌道)에서 노상
검은 그림자를 지닌 채
지구(地球)가 둥글다는 까닭은
지구(地球)가 돈다는 까닭은
아무래도 나의 생존(生存)하는 의미(意味)와는
별개(別個)의 것이었다.

무수한 성좌(星座) 사이로
한 뼘 영역(領域)하는 땅 위에
꽃이 피는 까닭은
꽃이 지는 까닭은
아무래도 나의 사멸(死滅)하는 의미(意味)와는
별개(別個)의 것이었다.

기어코 또 멀리 그이를
보내는 밤 아무래도

열망(熱望)일 수 없는 까닭은

단념(斷念)일 수 없는 까닭은

여기 내가 눈보라를 맞고 서 있는 의미(意味)와는

별개(別個)의 것이었다.

(1952년)

* 한 해가 저물어 설을 바로 앞둔 때

과실果實

여기 한 개의 원숙(圓熟)한 과실(果實)이 놓여 있습니다.

그것은 익어가는 자신(自身)의 사랑을 위하여 바람 사
나운 과원(果園)에서 고독(孤獨)한 내일(來日)을 지켜 온
과실(果實)이었습니다.

마침 유리창 안으로 햇발이 비치어 그 심홍(深紅)빛은
더욱 영롱하게 주위(周圍)를 반사(反射)하였습니다.

분명, 이 과실(果實)은 그 감미(甘美)한 세포(細胞)가 낱
낱 일광(日光)을 빨아들이어, 다시 작열(灼熱)하는 내 심
장(心臟)의 벽면(壁面)에 투영(透影)되었습니다.

볼 고운 사람이 지우는 미소(微笑)를 느낍니다. 흔들리
는 가지 끝에서 사라질 적부터 곱게 지니어 온 미소(微笑),
상쾌한 모습 바로 그것이었습니다.

나는 그 과잉(過剩)한 빛깔 속에 한결같이 침묵(沈默)한
핵심(核心)을 응시(凝視)하면서 잊혀질 듯이 향기러운 자
양(滋養)이 나의 빈곤(貧困)한 생리(生理)에로 슴 슴 슴 스
미어 옴을 깨닫습니다.

누가 마음 내키어 바라보아 주지도 않는 일상(日常)의 거리(距離)에서, 마침내 이 한낱 비정(非情)과 더불어 무한(無限)으로 통하는 눈, 그 눈을 누가 나에게 주었습니까.

되도록 조용하고 싶은 저녁이었습니다.

(1954년)

석굴암대불 石窟庵大佛
- 석굴암에서

　여기, 비정(非情)의 바위에 숨결을 일으키고, 신라(新
羅) 천년(千年)은 물러 갔는가

　틔어 오는 아침마다 맑은 햇살이 비껴드는 돌 문(門) 안에

　돌아서 눈 감아도 거룩한 미소(微笑) 마음거울에 하냥
비치이고

　비 바람 오고 가고 오롯이 세월은 낡아 이제 티끌로 어
두워진 날

　고요한 입술 어느 겁(劫)에사 열릴라느뇨, 동해(東海)는
진정 미치는구나

　누가 나를 사랑하리, 나는 저버려 온갖 번뇌(煩惱) 한 줌
흙이로되 뉘 날 사랑하리

　한 줄기 서러운 바람인 양 향연(香煙)도 피어오르다 도
로 스러지고

　우러러 높은 이마 둥그런 가슴, 아 이 몸은 아득히 멀
어에라.

(1957년)

눈 내리는 밤에

어느 거룩함의
소리 없는 애무이뇨

미움도 사랑도
함께 하얀 길 위에서

회한의 발자욱마다
쌓여가는 그 말씀.

이 외론 영혼에마저
축복을 보내는가

주시는 그 꽃잎이랴
가비얍게 흩날리고

빈 손을 들어 흔들면

아쉰 것은 인생일레

하늘도 땅도 모두
아슬하여 없음만 같고

빛도 향기도 끊여
종교처럼 소슬한데
잊었던 맑은 이름들
엇갈려도 오는가.

(1958년)

다리 위에서

　집으로 돌아가는 길, 황혼(黃昏)이 곱게 물드는 다리 위에서 발걸음을 멈추었다.

　미래(未來)에로 흘러가는 물은 정지(停止)된 나의 위치(位置)에서 바라보면 그대로 연신 과거(過去)가 되는 것이었다.

　흐르는 물살에 가꾸로 잠기어 갈갈이 찢기고 있는 나의 영상(影像)은, 그러나 누구의 구원(救援)으로도 건져낼 수 없는 자기(自己)의 영상(影像)이었다.

　한량없이 일고 꺼지는 물결은 나의 그림자를 건드려 보다가 목멘 소리로 지줄거리며 멀리 흘러가는 것이었다.

　가끔, 자디잔 물고기들이 무슨 생명(生命)의 파편(破片)인 듯, 비늘을 번쩍이면서 머리와 가슴께를 제 멋대로 관통(貫通)한다.

　일심으로 물 속을 들여다 본다. 마침내 물은 흐르지 않고, 다리가 물줄기로 흐르는 것이었다.

　높이 뜬 노을 구름은 다시 수심(水深)의 저변(底邊)에

서 더 아득히 깊은 하늘로 비치어 화염(火焰)같이 타고 있
었다.

　거기에 외로이 서서 제 그림자를 들여다 보는 내가 있다.

　상반(相反)한 두 언덕에 가로걸친 가공(架空)을 디디고,
물 속에 영상(映像)된 제 그림자를 굽어보기 위하여 고개
숙인 자태(姿態).

　그것은 바로 스스로에 귀의(歸依)하는 기도(祈禱)의 모
습이었다.

(1959년)

관음상 觀音像
– 석굴암 石窟庵

고요히 감으신 듯 실눈을 뜨옵시고
스스로 넘치는 빛 미소(微笑)로 번지시고
끝없는 사랑을 품어 둥그런 그 젖가슴.

바람이 봄 하늘에 구름을 날리듯이
옷자락 아른아른 연(蓮)꽃 사뿐 밟으시고
어여삐 굽어보시는 양 돌인 줄도 잊었네.

관세음(觀世音) 당신 앞에 두 손 모아 꿇습니다
풀섶에 벌레 소리 내 가냘픈 울음 소리
보살님 그 큼직한 귀로 당신은 듣습니까.

이승은 쓰라림뿐 눈물 젖어 우러르면
엷은 안개어린 해돋인가 달무린가
온몸의 자비론 물결 흘러 푸른 동해로다.

아는가, '색즉시공(色卽是空) 공즉시색(空卽是色)[*] 그 말씀을

천년(千年) 서라벌은 꿈일사 비었다만

거룩히 새겨진 보람은 여기 따로 모셨느니.

(1961년)

---

* 물질적인 세계와 평등 무차별한 공(空)의 세계가 다르지 않음을 뜻함

목척교 木尺橋

가버린 것과
올 것의 그
중간을

헤아릴 수 없는
엇갈림 속에
끼여

나는 지금
어디쯤을
걸어가고 있는 것일까.

치열(熾熱)한
도심(都心)은
목이 타는데

끝이랄가
시작이랄가
이 멍청한 나의 시간(時間)을

미움과
사랑의
흐름 위에서
다시는 못 만날 그
절망(絶望)의 거리(距離)를 두고
헤아릴 수 없는
엇갈림 속에
끼여

지금 나는
어디쯤을
건너고 있는 것일까.

(1962년)

별

한밤에 가난한 뜨락을
조용히 거닐다 우러러 보는 나는 지금
별과 별들 사이를 걷는다.

별은
어둠을 믿는 사람을 위해 한량 없는
보석(寶石) 꾸러미를 펼쳐 놓는다.
별은 억눌린 가슴에 승천(昇天)하는 날개를 달아 준다.

캄캄한 밤하늘을 난만히 피우는 별은
늘 외로운 영혼이 다스려 가는 꽃밭이다.

당신으로 하여 고뇌(苦惱)의 이유(理由)를 빛나게 할 때
눈망울 글썽이며 아롱지는 별
당신의 장엄(莊嚴)스런 침묵(沈默)으로 대지(大地)를 잠
재울 때

삼라(森羅)의 머리 낱낱 구슬 맺는 별.

속속들이 파내리는 깊이에
아련히 맑고 푸른 것이 고이듯
아름진 보리수(菩提樹) 이파리 사이로
삶과 주검이 하나로 트이어 눈부신
당신의 슬기로운 새벽을 두고.

아, 삼천대천세계(三千大天世界)*의
별은
법열(法悅)**의 영원한 교향악(交響樂)이다.

(1962년)

* 광대한 우주를 표현하는 불교용어
** 부처의 가르침을 설법으로 듣고 진리를 깨달아 마음속에 일어나는 기
쁨이나 환희

꽃그늘 부처님

꽃그늘로 내려오신
당신은
저토록 많은 꽃들을 피우시고

잊어버림으로써 오히려
미소(微笑)하시는 그 부드러움을
오우러 본다.

누구나
스스로 지닌
슬기로움에서

손가락 하나로
하늘을 가리키면
거기 무한(無限)이 열리고

손가락 하나로
땅을 가리키면
거기 영원(永遠)이 트이고

아,
이처럼 밝은 사월(四月)의 꽃그늘에 앉아
허망한 존재(存在)의
임자를 알고 보면

천상천하(天上天下)에
오직
내 홀로 높으니라.

(1962년)

겨울의 기도 祈禱

당신의 지혜, 당신의 뜻대로
모두를 잃어버리게 하소서.
모두를 비워버리게 하소서.

내 마음숲의 무성하던
그 숱한 이름들 숱한 빛깔들 숱한 생각들을
당신의 뜻대로 흩날려버리소서.
지워버리소서.

벌거벗은 알몸을
더 매운 채찍으로 후려갈기소서.
황량한 벌판에 쫓기는
짐승의 울음을 울게 하소서.

마침내는
저승만한 어둠의 깊이를 더듬어

목숨의 근원에 사무치게 하소서.
죽음같은 고요를 증험하게 하소서.

지금, 빈 골짜기의 바람은 끝없이 헤메이고
마른 나뭇가지에는
당신의 말씀인 듯 소리없는 눈발이
내려 쌓입니다.
희끗희끗 설레이는 허탈한 시간에
온갖을 부정하는 정신으로만 피안을 보듯
언젠가는 피어날 애무의 날을
이 냉엄한 공백에서
예감하게 하소서.

당신의 지혜, 당신의 뜻대로
모두를 잃어버리게 하소서.
모두를 비워버리게 하소서.

(1976년)

백제百濟의 미소微笑
– 서산마애삼존불상 앞에서

영원(永遠)한 사랑의 웃음짓는 모습을
일찍이 눈여겨 본 그는 누구였을까

여기, 바닷가 후미진 산골짜기에
착하디 착한 마음씨를 새겨 놨더니,

밀려왔다 밀려가는
허망한 흐름을 따라

고구려(高句麗)도 가고 신라(新羅)도 가고
고려(高麗)도 이조(李朝)도 다 가버린 오늘

솔잎은 연신 바람을 불고
물결은 그대로 달빛을 흔드는데,

구태여 멸망(滅亡)을 말하는 사람은 누구인가

천년(千年)의 세월이 흘러간 지금에도

착하디 착한 마음씨의 그 얼굴은
늘 백제(百濟)의 미소(微笑)를 머금고 있느니.

(1981년)

기원 祈願

용서하십시오.
많은 잘못을 저질러 온 더러운 손바닥입니다.
그러하오나 이 더러운 손바닥이 아니고서는
당신을 우러러 합장할 수 있는 손바닥이 내게는 따로
없습니다.

용서하십시오.
사람의 눈과 귀와 코와 혀와 그리고
마침내 죽어버릴 이 허망한 몸뚱어리입니다.
그러하오나 눈과 귀와 코와 혀와 그리고 마침내 죽어버
릴 이 허망한 몸뚱어리가 아니고서는
당신의 거룩한 모습, 자비로운 얼굴을
나는 따로 상상할 수조차 없습니다.

용서하십시오.
이 한밤에도 내 가슴 안에는 애욕과 온갖 번뇌의 불길이 끝없이 끝없이 활활 타오릅니다.

그러하오나 활활 타오르는 이 애욕과 번뇌의 불길이 아니고서는

당신의 열반, 당신의 깨달음을 밝혀 나아갈 도구가 내게는 따로 없습니다.

(1984년)

원일유감元日有感
– 갑자년甲子年

金吾豈異去年吾

此日始知往事愚

世味縱酣奚足賴

虛名雖勝不知無

何須延壽齊龜鶴

但願澄心似鏡湖

最善歲寒飄雪裏

迎春簫角鳥相呼

설날의 감회

지금의 내가 어찌 지난 해의 나와 다르리오마는

오늘에야 비로소 지난 날의 어리석음을 알겠노라.

세상의 재미가 아무리 달콤하다지만 어찌 기댈만하랴

헛된 이름 비록 드달렸지만 없는 것만 못하네.

기껏 오래 산들 거북과 학만 같을소냐

다만 거울과 호수처럼 맑은 마음 지니기 원하네.
시린 겨울 눈내리는 가운데서도 가장 큰 기쁨은
봄 맞아 처마 모퉁이에서 새들 서로 부르는 광경.

(1984년)

번역 : 김선기(金善棋) – 충남대 교수

제5부

항아리

거미

    존재(存在)와 외연(外延). 그것이 하나의 인식(認識)에로 어울리는 일순(一瞬). 결국은 그 허탈(虛脫)한 건축(建築)의 중심부(中心部)에서, 어두운 시야(視野)를 안고, 그지없는 공간(空間)을 투망(投網)하여 지켜 있는, 분명히 집요(執拗)한 흑점(黑點)은 문득 나의 에스프리와 연쇄(連鎖)되어, 은(銀)의 문양(紋樣)인 듯, 때로 곱게 흔들리우며, 미래(未來)의 그늘로 번지어 간다.

                                 (1944년)

정사록초 靜思錄抄 6

　거미 너 시인(詩人)아 어이 망각(忘却)의 그늘에 잠재(潛在)하여 문득 돌아다보면 거기 있는 듯 없는 듯 고운 무늬로 흔들리우며 이미 인식(認識)의 허공에 투망하여 자리 잡는 그 집요(執拗)한 모색은 하나 흑점(黑點)처럼 외로움을 지켜 있는가,

(1957년)

가늘한 보람

바람에 내맡기듯
어이 없는
삶이 있다

텅 비인
절망(絶望)에다
가늘한 보람을
날려

저리도
고운 무늬로
자리잡는
거미여.

(1964년)

촛불

말없이 바라보며 불사르는 마음이다.
황홀한 외로움은 놀빛 저문 하늘인가
서로서 눈물 지우며 뉘우치는 이 한밤

무거운 어둠을 안고 발돋움 외오 서서
어차피 하루살이 덧없는 이 누리에
몸째로 빛을 켜들고 그믐밤을 지킨다.

더러는 다정스레 흔들리는 꽃잎이랴
고운 얼 그 임자는 살결도 옥(玉)이려니
그 가고 비인 방안에 너와 마주 있어라.

아예 말을 말라 인생이 어떻다느니
기쁨도 서름도 함께 아쉬운 밝음 속에
못잊어 당겨 앉으면 설레이는 그 숨결

(1960년)

135

정사록초 靜思錄抄 1

　한밤에 외로이 눈물 지우며 발돋움하고 스스로의 몸을
사르어 무거운 어둠을 밝히는 촛불을 보라. 이는 진실로
생명(生命)의 있음보다 생명(生命)의 연소(燃燒)가 얼마
나 더한 영광(榮光)임을 증거(證據)함이니라.

(1957년)

정사록초 靜思錄抄 14
– 촛불

어둠일레 지닌
나의 사랑은

한 올 실오라기같은 보람에
불꽃을 당겼어라
옛날에 살 듯
접동새도 우는데

눈물로 잦는
이 서러운 목숨이야

육신을 섬겨
부끄러움을 켤거나
신(神)의 거룩함을 우러러 섰을거나

이 한밤 황홀한

외로운 넋이

바람도 없는 고요에
하르르 떠는

어느 그리움에 취한
나비일러뇨

(1957년)

거울

거울 앞에 선다. 어느 것이 참 나이냐. 그것이 아니라면 어찌하여 그 맑고 고요한 세계에 돌현(突現)*하여 밉고 고운 색상(色相)을 분별하는가. 그리고 거기다 대고 분(粉)대의 꽃을 피우는 것은 또 무슨 이유(理由)에서일까. 그것을 더 아름다운 나라고 믿어 온 나는 완전(完全)히 자아상실(自我喪失)이다. 한 모금의 담배연기로도 이렇게 쉬이 흐리워지는 얼굴을 사랑하기에 정말이지 나는 괴로워 했다. 조용히 드려다 보는 작은 호면(湖面)에 나르시스는 영영 오지 않고, 나는 결국 아무 데도 없다.

(1953년)

* 갑자기 나타나

정사록초 靜思錄抄 7
– 거울

거울을 본다.

눈을 보면 눈, 코를 보면 코, 입술을 보면 입술, 매만지는
머리칼 하나하나 나를 이룬다.

슬픔과 사랑은 누가 내게 주었는가. 여울에 부서지는 달
빛 그림자, 아니라면 나는 정말 어디 있는가.

나라고 우기는 나는 나를 잃었다.
미운 것도 곱게 보이는 유리알을 벗으면
나는 결국 아무 데도 없다.

(1957년)

정사록초 靜思錄抄 13
– 거울

한번이라도 티없이 맑은 마음과 마주 앉고 싶다.

구슬의 영롱함이 또한 옆의 구슬에 사무치듯 서로가 속속들이 비추이는 그 길을 따라가면 안과 밖은 하나로 트인 그대로의 무한(無限)일래

실은 빛이라 모양이라 할 뉘 있든가. 그건 나의 인과(因果) 나의 알음알이 나의 이름이 아닐는가.

사랑이라거니 미움이라거니 얼음도 잃음도 아닌 비인 자리인데

처음이 있고 끝이 있게 마련이라면 하늘은 하늘대로 열리고 강물은 강물대로 출렁이고 더러는 창 너머 수풀 새로 별다이 꽃다이 뇌이는 생각들과 더불어 나는 나대로 이냥 웃으며 살아가는 것이 아니랴.

(1957년)

정사록초 靜思錄抄 10

　내가 알아주기 전에는 그것이 아니었을까 꽃이여
　　환한 빛깔이 빛깔로 트이고 맑음이 맑음으로 옮는 이심
전심(以心傳心)

　　말씀으로 이를 수 없는 자리에서 부처님은 꽃을 들어 뵈
었다. 슬기론 가섭의 얼굴에 피어난 것은 미소(微笑)가 아
니라 온갖을 고요로 새긴 오묘한 사랑이었다.

　　그건 물음이랄 것인가. 대답이랄 것인가.

　　어차피
　　하루살이의 목숨으론 감당키 어려운 은혜라며는 아름
다운 마음이사 고운 향기를 넘쳐흐르는가 꽃이여

　　정말 내가 알아주기 전에는 그것이 아니었을까.

(1957년)

선심속어 禪心俗語

꽃 1

내가 알아 주지 않는다면 꽃은 꽃이 아니리라.

말씀으론 이를 수 없는 자리에서, 부처님은 문득 꽃을 들어 뵈었나니, 상좌 가섭의 얼굴에 피어난 슬기론 미소. 비로소 환한 빛깔이 빛깔로 트이고 맑음이 맑음으로 옮기는 이심전심. 그 미소를 한 번 만나기 위하여 나는 또 몇 만 겁을 두고 되살아야 하나. 하루살이의 목숨으론 감당키 어려운 은혜라면, 아름다운 마음이사 고운 향기로 넘쳐흐르나니, 온갖을 머금은 오묘한 사랑 꽃이여. 그것은 정말 물음이랄 것인가 대답이랄 것인가.

내가 알아 주지 않는다면 꽃은 꽃이 아니리라.

꽃 2

그 고운 눈을 뜨고 조용한 마음씨로 천심을 우러러 하루를 피었음은, 진실로 어느 안타까운 그리움에서인가. 어쩌다 한번 바라보아 주면, 지녀 온 그의 미소와 함께 꽃잎이 진다.

(1963년)

정사록초 靜思錄抄 12

– 자유 自由

한량없이 명멸(明滅)하는 기폭들에 가리워
얼마나 깊은 숙명(宿命)이었는가?

이웃과 사랑을 위하여
과원(果園)에의 꽃처럼 아, 서슴잖이 지는 꽃처럼
그들은 이미 너 앞에서 미래(未來)의 이름으로 죽어
갔다.

하늬바람 흔들리는 삼월(三月)
총칼보다 강한 그네의 별다운 미소(微笑)를 보았는가?

여기 또 숱한 아픔을 견디는 어둠의 단층(斷層)
밤중에 핀 해바라기를 생각하는 탄력(彈力)있는 먼 새
벽이여.

오히려 초토(焦土)를 목숨으로 채우는 너를 향하여

죽음은 차라리 궁극(窮極)의 것이 아니었다.

(1957년)

자유 自由

한량없이 명멸(明滅)하는
기폭들에 가리워
얼마나 깊은
숙명(宿命)이었던가.

아,
이웃과의
사랑을 갖기 위하여

우리들은 이미
너 안에서 미래의 이름으로
오늘을 떠나야 한다.

하늬바람 흔들리는
못 미더운 거리에
불안(不安)은 차라리

자유로운 것.

허구한 세월을
억압(抑壓)과 복종(服從)의 틈새에
끼여

여기, 또
숱한 아픔을 견디는
어둠의 단층(斷層)

밤중에 핀
해바라기를 생각하는
탄력(彈力)있는 먼
새벽을 두고

이 엄청난

궁금한 시간을

너는 또
무엇을 항의(抗議)하여
풀어줄 것인가.

(1966년)

정사록초 ^{靜思錄抄}17

여러 가지 먼 것으로부터 지켜 있는 이 고요를 절망(絶
望)과 구원(救援)의 사무친 하늘을 흔들어 어느 비유의 우
렁참으로 깨우쳐 줄 새벽을 믿으랴. 텅 비인 나의 가슴 종
(鐘)이여

(1957년)

종鐘

여러 가지 먼 것으로부터 지켜 있는 공간(空間)을, 어느
필연(必然)한 비유(比喩)로 사무친 이 고요함에서 파멸(破
滅)과 구원(救援)을 함께 울부짖는 파장(波長)에 흔들리우
며, 밤은 오히려 영원(永遠)히 밀리어 가고 밀리어 오고.

(1968년)

해바라기

검은 흙 속에서의 너는
흐린 바람 속에서의 너는
무던히 그 무서운 것을 닮았다.

너는 담 넘어로 타오르는 내 마음

씨알마다 무거운 내열(內熱)을 꿈꾸며
마침내 물러서는 하늘 아래에
십자가(十字架)에 드리운 이마와 같이
그 환한 얼굴을 돌리고 죽었다.

(1941년)

정사록초 靜思錄抄 34

해바라기는 어느새
금빛 크고 두터운 자랑으로

이글이글 무서운 것을 따라
조용히 돌고 있다.

차츰
눈부신 것을 닮아가고 있다.

해바라기는
울 넘어로 타오르는
나의 마음

가을
파아란 하늘이
아니라면

종일을 저렇게도
우러러 보고 싶은 것일까.

어느 날
아 사랑을 위해 떨어져가는

어느 날
해바라기는
십자가(十字架) 위에서처럼

그 화안한 얼굴을 돌리고
죽는 것이라 생각해 두자.

(1957년)

연蓮

소녀(少女)야,

잊었던 웃음이 절로 피는구나, 깊은 못 가에서.

진흙을 솟아오른 한 줄기 꽃다운 마음에는

맑은 이슬이 빛나는구나.

아슴한 향내 스스로워 차마 떨칠 수 없는 아쉬움에

푸른 치마를 들어 수지운 이마를 넌즈시 가리우라.

흐린 물에도 그리운 하늘이사 비치거니, 실구름도 돌아가거니

은어(銀魚) 숭어 녀릿녀릿, 하찮은 목숨들도 저리 즐거운데

돌아선 듯 휘인 몸매, 그 고운 눈을 반쯤 뜨고

첩첩 둥그런 잎 사이로 나를 보아 주는가, 정녕 나를 부르는가.

오자마자 꽃잎이 지는구나, 바라온 사랑 이닷 서러운 것이어라.

덧없는 누리에서 뉘도 모르게 피는 듯이 스러지는 꽃

을 두고

　우리 손때 저룬 난간(欄干)에 기대어 호젓이 얘기나 좀
하렴

　소녀(少女)야.

(1942년)

연(蓮)은
더러움을 위해 피는
꽃

부처님은 오히려
죄(罪) 있는 이의
편

연(蓮)꽃 좌대 위에
부처님은
웃으시는데

나고
죽음이야
바람에 밀리는
물살

손가락 하나로
영원(永遠)을
가리키면

천상(天上)
천하(天下)에
나 홀로
높으니라
나 홀로 높으니라

(1957년)

항아리

옷고름 푸는 수줍은 시늉으로
반달 모양의 어깨를 드러내는
연연한 사랑 매혹이여 꿈이여 허망함이여.

마음마저 텅 빈 외로움일 때
별들의 밤물결은 뒤척이고
충만에의 끝없는 기대에서 피어난
완만한 곡선이 퍼져 내려가
곱게 마무리 지워진 허무의 눈어림

하늘 우러러 입을 벌린 채
노래도 말씀도 잊어버린 자리
어느 아름다운 사람의 위촉함이기에
이렇듯 온몸을 쓸어안은
눈물나도록 슬픈 애무인가

모든 것은 다 어둠에서 태어나
언젠가는 어둠으로 돌아가는 것
죽은 사람과 죽지 않은 사람의 사이에서
나와 나의 것을 버림으로 해서 얻어지는 자유를
담담한 얼굴을 하고 지켜보는 자 있으니

마침내 빈손으로 돌아온 가을
'색(色)'과 '공(空)'을 함께 머금은
그 한아름 둥그런 윤곽을
내 가슴 가장 깊은 고요 속에서 떠올려 본다.

(1987년)

겸허함과 밑거름의 미학

— 금당 이재복의 삶과 문학

김영호 | 문학평론가

1. 왜 다시 금당 이재복인가?

이재복은 태고종 승려이자 대전충남 현대문학의 초석을 다진 시인이고 또 대전지역 불교교육의 개척자이다. 그는 약관의 나이에 출가한 후 평생 동안 부처님의 가르침을 수행하고 그 진리를 대중에게 널리 교화한 업적으로 대종사 (大宗師)에 이르렀고, 대전충남지역 유일의 불교종립학교인 보문학원을 설립하여 보문중고등학교 교장으로 34년간 2만여 명의 제자를 길러내고 퇴임한 뒤 태고종 종립대학인 동방불교대학 학장을 역임하다 입적한 걸출한 교육자이며, 대전일보에 연작시 「정사록초(靜思錄抄)」를 발표하

162

고 한국문학가협회 충남지부장을 역임하는 등 대전충남문학 발전에 크게 기여한 공로로 문학부문 제1회 충남문화상을 수상한 대전충남 현대문학의 거목이다.

지난 9월 말 충남 부여에서 열린 전국문학인한마당에서 축사를 한 한국작가회의 이경자 이사장은 '금강'의 시인 신동엽 50주기를 맞아 부여에서 전국문학인대회가 열리는 의미에 대해 말하면서 대전충남의 대표 작고문인들을 죽 열거했다. 이 이사장은 신동엽 이전 선배들인 정훈, 이재복, 박용래 시인 등의 문학적 열정이 신동엽 문학의 귀한 밑거름이 되었음을 우리는 기억해야 한다고 강조했다. 이렇게 우리 문단의 원로들이 아직까지 소중하게 기억하는 이재복 시인에 대해, 정작 대전충남 지역의 평가는 아직 유보적인 편이다.

이재복은 현 동국대학교의 전신인 혜화전문학교에 다니던 20대 초중반에 당대의 내로라하는 석학이나 문인들과 교유하며 시 창작에 열정을 쏟았다. 그는 혜화전문학교에 입학하던 23세부터 시를 쓰기 시작해 입적하기 전 71세까지 평생을 시와 함께하며, 한국문학가협회 충남지부장과 한국예술문화단체총연합회 충남지부장을 역임하는 등 충남지역의 문화예술 진흥에 진력했다. 사정이 이러한데도 그가 주도했던 대전예총이나 대전문인협회 그리고 대전지역에서 그의 문학적 업적을 기리는 일에 그리 적극적이지 않은 것은 무엇 때문인가.

이는 그가 시인보다는 우뚝한 태고종 승려로 지역의 불교교육에 전심한 분으로 기억되기 때문인 듯하다. 무엇보다도 그의 타고난 결벽증과 겸허함으로 주위의 지극한 권유에도 아랑곳하지 않고 생전에 시집 간행을 망설이다 끝내 시집을 내지 못한 것도 큰 원인이라 할 수 있다. 결국 그가 입적한 지 3년 후인 1994년에 그의 시선집『정사록초(靜思錄抄)』가 유고시집으로 간행되었고, 그의 시와 산문을 망라한 문학집은 2009년에 유족과 후학들의 노력으로 간행된 전 8권의 추모전집 중 7권인『침묵 속의 끝없는 길이여』에 정리되었다. 이 문학집엔 단시 108편, 산문시 63편, 행사시와 시조 등 231편이 수록되어 있다. 이렇게 생전에 시집을 내지 못한 채 유고시집이 간행되고 또 어려운 한자어가 많은 불교적 명상시 위주의 시선집이다 보니 그 문학적 완성도와는 관계없이 가독성이 떨어져 대중성을 확보하지 못했기 때문이라 짐작된다. 더구나 일반 대중이 추모전집 8권을 구해 그의 문학집을 따로 읽는 것은 더더욱 어려운 일이었으리라. 이 지점에서 우리는 다시 이재복의 문학을 새롭게 만나 그의 진면목을 보고 특히 그의 민족의 하나 됨에 대한 애절한 비원을 함께 노래해야 한다. 그래서 이번 시선집은 한글 표기를 원칙으로 하고 한자는 괄호 안에 넣었으며, 그의 삶과 문학을 주제별로 살펴보면서도 작품 발표 시기를 명시해 그의 시적 성숙과 변화를 알 수 있게 했다. 끝으로 그의 시에 곡을 붙인 노래의 악보와 음원과 동영상 출처를 밝혀 그의 시가 우리 생활 속에 친근하게 노래로 불릴 수 있도록 했고, 그의 연보를 덧붙였다.

이재복은 타고난 섬세함으로 주변 작은 것들의 떨림에 예민하게 공명할 줄 아는 감수성을 지닌, 생래적인 시인이다. 특히 혜화전문학교 시절 육당 최남선의 서재에서 서사로 근무하면서 교유하게 된 당대 최고의 문인들―이광수, 홍명희, 변영만, 정인보, 서정주, 오장환, 신석정, 조지훈, 김구용, 김달진―과의 교유를 통해 문학적 감수성을 발전시키며 시 창작에 힘썼다. 공주공립중학교 교사로 근무하는 동안 문예반을 만들어 이어령, 최원규, 임강빈 등 예비 문인들을 지도하였으며, 공주사범대학 국문학과 학과장 시절에도 최원규, 임강빈 등 문학 지망생들과 일주일에 한 번씩은 꼭 시회(詩會)를 개최하였는데, 이원구, 정한모, 김구용, 김상억 선생 등도 함께하는가 하면, 가끔은 서정주, 박목월 등이 들러 격려하는 등 진지하고 수준 높은 모임으로 학생들의 문학적 열정에 큰 영향을 끼쳤다. 그의 시론에 의하면, 기존의 서정과 기교에서 벗어나, 현실의 수난과 절망 속에서 생존과 진실에 이르기 위한 깊은 생각의 통로가 곧 시이다. 결국 그에게 시는 구도자적 소명의식의 발로인 셈이다.

이렇듯 중앙과 지역 문단에서 활발한 문학 활동으로 대

전충남문학의 초석을 다진 그의 문학은 이제라도 다시금 조명되고 온당한 자리매김을 통해 우리 모두의 문화적 자긍심이 되어야 한다. 아울러 이재복 선생 전집 간행사에서 약속하고 있듯이 금당학술재단을 설립하여 후학을 양성하고 금당선생의 사상을 연구하며 그 결과를 널리 보급하여, 그가 끼친 큰 자취를 기리는 것 또한 우리가 기꺼이 감당해야 할 몫이다.

2. 인연 가꾸기와 보살행의 실천

그는 충남 공주군 계룡면 중장리에서 아버지 이정선과 어머니 이래덕의 3남으로 출생했다. 생후 6개월 만에 왜고뿔(일본독감)이 마을에 돌아 아버지와 형들이 이틀 만에 다 사망하여 3대 독자로 홀어머니의 과잉보호와 극진한 사랑 속에 자랐다. 아버지는 의협심 강한 호남(好男)으로 술과 도박에 탐닉해 집안이 기울어져 집과 전답을 다 팔아버려 이집 저집에서 신세를 지며 어머니의 삯바느질로 어렵게 생계를 유지했다. 무책임한 아버지에 대한 어머니의 적개심과 신경질은 아들인 그에게 어머니에 대한 분노의 감정으로 옮겨지고 이것이 나중에 자신의 지나친 완벽증(결벽증)과 결합해 정신질환으로 발전하지만, 자기 마음속의

상처와 어머니에 대한 지나친 의존이 가져온 적개심 등을 스스로 살펴보게 되면서 질병의 원인이 된 적개심을 버리면서 3개월 만에 스스로 치유하기도 했다.

> 내 어릴 적 자라던 곳은 첩첩산중이었오.
> 삼동(三冬)에 눈이 발목지게 쌓인 아침이면
> 함박꽃만한 짐승들 발자욱이
> 사립문 밖으로 지나간 걸 더러 보았오.
> 삼대독신(三代獨身), 불면 꺼질듯한 나는 강보에 싸여 있고
> 아버지 마지막 꽃상여는 "어하 넘차" 떠났다는데……
> ─「사향(思鄉)」 부분

그는 약관 15세에 출가하여 계룡산 갑사에서 이혼허(李混虛) 스님을 은사로 사미계를 받아 불가에 입문했으며 법호(法號)는 용봉(龍峰)이다. 이미 갑사에서 큰 깨달음을 얻은 뒤 마곡사, 대승사, 대원암, 봉선사, 금용사 등에서 그 깨달음을 더욱 굳게 다지는 보임(保任)을 하였고, 18세에 한국불교계 일본시찰단에 참여하는 등 그 큰 법력을 인정받았다. 그는 이미 개인의 완성과 사회의 완성이 결국은 둘이 아닌 하나로 통합 또는 융합되어야 함을 깨닫고 계율 중심의 형식보다는 부처님 가르침의 근본정신을 중심으로, 변화하는 중생들의 현실에 적절하게 적용하여 이 세상을 바

로 불국토의 이상사회로 만드는 대승(大乘)보살행을 자신
의 사명으로 삼았다.

그는 가족과의 인연을 내어던지고 육신마저 벗어버린 후
에 얻어지는 평온만이 불교의 참모습인 양 하는 것은 왜곡
된 모습이라고 보았다. 오히려 일체만물이 다 저마다의 인
연에 따라 생멸조화(生滅造化)하는 것인 만큼 인연의 소중
함을 알아서 자신에게 주어진 인연을 잘 가꾸는 것이 바
로 불교의 참모습이라 생각했다. 그래서 그는 15세에 어
머니 곁을 떠나 출가했으면서도 홀로 어린 남매를 기르느
라 고생만 한 어머니를 남부럽잖게 모셔보겠다는 아들로
서의 자세를 잊지 않고 서글퍼한다. 그를 도와 충남지역
문단을 지켜온 김대현 시인은, 그의 시「어머니」를 읽고 감
동해서 그와 함께 울었던 추억을 얘기하며, 그는 금당이라
는 아호만큼이나 고결한 인격과 지극한 효심을 지닌 분임
을 회고한다.

나는 그「어머니」제호의 작품을 들고 참으로 좋습니다
하고 한 번 조용히 읊어보았더니, 선생의 눈에는 눈물이 가
득히 넘치는 것을 가리지 못해 손수건을 꺼내었다.

보람도 헛된 날로 하여 넋은 반은 바스러져
간간이 망령의 말씀 꾸중보다 더 아픈데

서럽도 않은 눈물을 어이 자주 흘리시오.

갈퀴같은 손을 잡고 서글퍼 하는 나를
고생이 오직하냐 되려 눈물 지우시고
갈수록 금 없는 사랑 하늘 땅이 넓어라.
　　　─「어머니」후반부

　　금당 선생은 말했다. 나는 아버지를 일찍 여의어서 얼굴
조차 모르며, 어머니가 나를 길러 영화를 보려고 너무나 고
생을 하셨는데, 하고 눈물을 닦는 효심에 나도 감회되어 눈
물이 핑 돌던 그런 순간도 있었다.
　　　─ 김대현, 「금당(金塘) 선생의 편모(片貌)」부분

　　혜화전문학교 시절 당대 최고의 대강백(大講伯)에게 '앞
으로 이 나라의 크신 강사'가 되리라고 칭찬을 받고 또 3년
전 과정을 수석으로 마쳐 그의 법호인 우뚝한 산봉우리 용
봉(龍峰)을 이미 입증한 그가, 홀어머니로 고생만 하고 호
강도 못시켜 준 아들을 오히려 위로하는 어머니의 그 가없
는 사랑의 모습에 눈물짓는 것이다.

3. 겸허한 자세와 거름의 역할

이재복은 당대 최고의 석학이나 문인들과 교유하고 또 내로라하는 시인이면서도 제자들의 가능성을 일찍 알아보고 북돋우고 칭찬을 아끼지 않았다. 그래서 그의 문하에서 기라성 같은 문인들이 배출될 수 있었다.

그의 가르침을 받고 나중에 시인과 교수가 된 최원규가 스승인 그의 빛나는 글들이 캄캄한 벽장 가방 속에 묻혀 있는 것이 안타까워 원고 발표를 간곡히 간청 드리고 그의 오랜 지기인 서정주나 정한모 김구용 조연현 등이 원고를 청했지만 번번이 사양하였다 한다. 제자들의 재능 발굴에 그렇게 적극적이면서도 정작 자신의 이름을 내는 일은 극구 사양하였다니, 이는 정녕 자신의 깨달음을 위해 현실을 떠나는 것이 아니라, 자신의 깨달음을 미루고 먼저 중생을 구제한다는 불타의 근본사상인 보살행에 충실하기 위함인가!

그의 제자이면서 보문고등학교에서 그를 교장선생님으로 모시고 10년을 교직원으로 같이 생활하고 또 충남문인협회 지부장인 그를 사무국장으로 가까이서 보필하는 등 그와 오랜 세월 곁에서 함께해온 최원규는 그가 자신의 시집 출간을 극구 사양한 이유를 이렇게 진단한다. "그 까닭은 선생님의 인품이 한마디로 겸허와 인내 그리고 완벽을 바탕으로 한 삶의 신조와 결벽증 때문이다." 이재복 자신도 그의 마지막 글인 「겸손」이란 산문에서 겸손이야말로 사회와 자연과 자신을 조화시키는 지혜의 길이며, 사람대접을 받으며 서로 돕는 인정 속에서 살 맛 나게 사는 즐거운 삶의 비결임을 밝힌다. 그러면서 겸손한 마음과 열등감은 전혀 다름을 강조한다. 열등감은 스스로를 깔보는 비굴한 감정이고, 스스로를 믿는 자신감과 너그러움에서 우러나는 부드러운 여유가 바로 겸손이라는 것이다.

이런 그의 겸허한 삶의 자세는 고결한 성품과 초탈한 삶의 자세 때문임을 짐작하게 해 주는 시가 있다. 그보다 조금 연상으로 한때 공주사범대학에서 함께 문학을 가르친 바 있는 물재(勿齊) 이원구(李元九) 시인에게 바치는 시인 「길 2」를 보자.

바삐 가다가도 뭉클 솟아 오르는 것
움켜쥐려며는 빈 주먹만 가슴에 얹히고.
날아간 새 한 마리 꽃은 지는데
물 위에 바람가듯 나는 가누나.

물재 이원구 시인은 공주 지역의 문화 발전에 초석을 놓았으며, 수많은 제자들을 문학의 길로 이끌면서도 정작 자신은 등단의 기회를 마다하고 결국 유고시집 『바람의 노래』

를 남겼다. 겸허한 삶의 자세로 세속적 욕심에서 벗어나 아호 물재(勿齊)처럼 모두 다 같지 않은 제각각의 삶을 있는 그대로 '물 위에 바람가듯' 수긍하는 삶의 자세를 이재복 시인도 본받고자 하는 것이다.

이원구 시인과 이재복 시인에게 〈시회(詩會)〉에서 시를 배우고 합평도 함께하며 문학의 새로운 경지를 깨우친 임강빈 시인이, 이원구 시인의 삶과 가르침을 추모하는 글이 〈물재이원구시비〉에 남아있는데, 이는 이재복 시인에게도 그대로 적용되기에 옮겨 본다.

"물재 이원구 선생은 공주사범대학(1946년 개교) 초창기에 교수로 부임, 현대시를 강의하였고 몸소 시작(詩作)에도 몰두하였다. 또한 시회(詩會)를 만들고 이끌어간 분이기도 하다. 물재 선생은 문단에 오를 기회가 있어도 끝내 이를 마다하였고, 시를 사랑하는 것으로 만족해했다. 다만 수많은 제자들의 등단을 낙(樂)으로 삼았다. 그분의 겸허(謙虛), 무욕(無慾)의 자리가 너무나 커서 우러러보일 뿐이다."

이재복 시인이 보문학원을 설립하면서 제시한 3가지 '보문학원의 교사강령' 중 평생 몸소 실천한 것은 제 3항, '교사는 학생을 가꾸는 거름이다. 항시 그들이 새롭게 움트고, 아름답게 꽃피며, 건실한 열매를 맺을 수 있도록 나를 바친다.'이다. 학생들이 타고난 재능을 아름답게 꽃피우고 건실한 열매를 맺을 수 있도록 기꺼이 그 밑거름이 되는 것, 이것이 바로 밀알 한 알이 썩어야 많은 열매를 맺는다는 그 이치라 할 수 있다. 그가 교사나 학생들에게 자주 들려주는 불교 이야기는 어리석은 제자 츄울라판타카 이야기이다. 매우 어리석어 그의 친형마저 포기해버린 그를 부처님은 늘 인자한 말씀으로 달래며, '너는 너의 어리석음을 걱정하지 말라'고 격려하며, '빗자루로 쓸어라' 한 마디 말을 늘 되풀이해서 외워 보라고 가르쳐 주셨다. 그는 부처님의 격려로 빗자루로 쓸고 또 쓸며 한 마디 말씀을 외우고 또 외우며 정진하다 문득 왜 부처님께서 이런 가르침을 주셨을까 하는 의문이 들어 이를 깊이 생각하다가 마침내 깨달음을 얻었다. 즉 지혜의 빗자루로 마음의 어리석음을 쓸어냈던 것이다. 이렇게 해서 바보 츄울라판타카는 부처님의 수제자인 아아난다보다도 먼저 성자인 아라한의 자리에 오르게 됐다고 한다. 이 예화를 들려주며 그는 늘 강조한다. 저마다 타고난 본바탕을 깨닫게 하는 사람이 곧 스승이고 깨달아가는 사람이 곧 제자라고 말이다.

4. 영적 깨달음과 구도求道의 시

이재복은 시를 절묘한 언어 표현으로 보는 형식주의적 관점에서 벗어나 진실에 이르기 위한 사고과정으로 보는 본질주의적 관점을 취한다. 그는 유고(遺稿)로 남은 육필 원고에서 그의 시에 대한 관점을 이렇게 밝히고 있다. '우리가 시문(詩文)을 기다림은 수난의 오늘을 정확히 전망하며, 오히려 절망적인 그 속에 요구되는 새로운 생존에의 모습을 부각하기 위하여 이미 있어온 서정과 기교를 차라리 경원(敬遠)하고, 진실에 이르기 위한 하나의 생각하는 시가 이루어지기를 스스로 기약하는 바이다. 오히려 절망적인 그 속 깊이에 요구되는 생존에의 새로운 입상(立像)을 부조(浮彫)하기 위하여'. 그의 이런 시관(詩觀)을, 그의 문학을 대표하는 50편의 연작시 「정사록초(靜思錄抄)」의 첫째 작품을 통해 분석해 보자.

한밤에 외로이 눈물지우며 발돋움하고 스스로의 몸을 사르어 어둠을 밝히는 촛불을 보라. 이는 진실로 생명(生命)의 있음보다 생명(生命)의 연소(燃燒)가 얼마나 더한 영광(榮光)임을 증거(證據)함이니라.

　─「정사록초(靜思錄抄) 1」 전문

고요히 혼자 자신의 내면을 응시하는 깊고 고요한 밤, 눈물처럼 촛농을 흘리며 타오르는 한 자루의 촛불이 마침내 어둠을 밝히는 것을 보며, 양초라는 존재가 자신을 사를 때에야 비로소 어둠을 밝히는 자신의 본질을 입증하는 것을 깨달아 보라는 것이다. 우리가 지혜를 통해 욕심 성냄 어리석음의 어둠 속에 가려져 있는 스스로의 밝은 본성인 불성을 깨달아, 나와 이웃과 자연과 서로 의존하며 공존하는 상관상의(相關相依)의 아름다운 인연 속에서 서로를 내어주는(사르는) 관계를 맺을 때 비로소 그 존재의미를 찾을 수 있다는 깨달음을 고요하고 편안한 정밀감(靜謐感) 속에 드러내고 있다. 그가 시를 보는 관점에서 밝히듯이, 이 작품은 서정이나 기교에 얽매이지 않고 진리에 이르는 고요한 깨달음을 깊은 명상을 통해 드러내는 구도(求道)의 방편이다.

이는 김대현 시인이 그를 추모하는 글에서 소개한,「정사록초(靜思錄抄) 17」에 대한 자작시 해설에 관한 일화에서도 확인된다. 김대현은「정사록초(靜思錄抄) 18」로 기록하고 있지만 이재복의 전집 중 문학집에 수록된 작품으로는「정사록초(靜思錄抄) 17」이다. 김대현은 이재복의 연작시가 대전일보에 연재될 때 몇 편을 스크랩하거나 옮겨 적은 뒤 그의 집을 방문하여「정사록초(靜思錄抄) 17」에 대한 자작시 해설을 청했다고 한다. 그는 몹시 좋아하며 신이 나서 설명했는데, "이 작품에 제시된 내용 가운데에는 나의 신앙이 있고, 서원도 함께 새겨진 것이라고 하면서 '고요'란 그러한 선의 경지, 적적성성(寂寂惺惺) 생각만 해도 신나는 것 아니겠소? 그 자성(自性) 실상의 종성(鐘聲)을 기리는 그때의 표정과 순심같은 것에 저으기 감동을 받은" 일화를 소개하고 있다.(김대현,「금당(金塘) 선생의 편모(片貌)」)

여러 가지 먼 것으로부터 지켜 있는 이 고요를 절망(絶望)과 구원(救援)의 사무친 하늘을 흔들어 어느 비유의 우렁참으로 깨우쳐 줄 새벽을 믿으랴. 텅 비인 나의 가슴 종(鐘)이여.

　　－「정사록초(靜思錄抄) 17」 전문

자질구레한 삶의 여러 가지 번잡(煩雜)을 떨쳐내고 내면에 침잠하여 나의 본모습을 헤아리며, 문득 쌓였던 번뇌와 그 어떠한 생각과 자각도 사라지고 캄캄한 무지의 어둠을 뚫고 한 줄기 새벽빛을 부르는 깨우침의 종소리가 우렁차게 울리며, 타고난 본성을 순간적으로 깨치는 그야말로 확철대오(廓撤大悟)의 경지를 간절히 추구하는 구도자의 모습이 아주 간결하면서도 정갈한 표현으로 드러나 있다. 그래서 그는 이 시의 해설을 요구하는 김대현 시인에게 이 작품에 자성(自性)을 깨우치고자 하는 자신의 신앙이 있고, 확철대오의 서원(誓願)도 함께 새겨진 것이라고 말한 것이다. 즉 일체의 번뇌망상이 텅 비어버린 적적(寂寂)의 경지에 오는 순간적인 영적 깨달음〔惺惺〕인 적적성성(寂寂惺惺)의 멋진 경지에 대한 소망을 이루고자 하는 것이다.

그에게 시인이란 거미처럼 자신을 드러내지 않고 인식의 허공에 언어의 그물을 던지고 집요하게 의미를 찾는 그런 존재이다. 이런 집요한 의미 추구는 결국 자신과의 오랜 싸움이기 때문에 외로운 작업일 수밖에 없다.

> 거미, 너 시인아. 어이 망각의 그늘에 잠재(潛在)하여 문득 돌아다보면 거기 있는 듯 없는 듯 고운 무늬로 흔들리며 이미 인식(認識)의 허공에 투망하여 자리 잡는 그 집요(執拗)한 모색은 하나 흑점(黑點)처럼 외로움을 지켜 있는가.
> ─「정사록초(靜思錄抄) 6」 전문

이렇게 시인은 자신과 자연 또는 사회와의 관계 속에서, 깊이 있는 의미를 오랜 기다림 끝에 마침내 섬세하고 치밀한 그야말로 정치(精緻)한 언어로 건져 올리는 그런 외로운 존재임을 탄식 속에 자각하고 있다. 물론 시인에게 '어이 ~ 있는가' 라고 묻는 문장 짜임으로 표현되고 있지만 이는 질문이라기보다 시인 자신의 모습에 대한 자각의 탄식이다. 사실 이 작품은 그가 20대 후반에 쓴 「거미」라는 시를 시인을 등장시켜 객관화한 것으로, 이 두 작품을 비교해 보면 시인에 대한 그의 인식을 보다 명확하게 알 수 있다.

존재(存在)와 외연(外延). 그것이 하나의 인식(認識)에로
어울리는 일순(一瞬). 결국은 그 허탈(虛脫)한 건축(建築)의
중심부(中心部)에서, 어두운 시야(視野)를 안고, 그지없는
공간(空間)을 투망(投網)하여 지켜 있는, 분명히 집요(執拗)
한 흑점(黑點)은 문득 나의 에스프리와 연쇄(連鎖)되어, 은
(銀)의 문양(紋樣)인 듯, 때로 곱게 흔들리우며, 미래(未來)
의 그늘로 번지어간다.
  ―「거미」전문

사실 존재의 개념에 대한 내포와 외연의 관계는 반비례
이지만, 다양한 존재의 개별적이고 특수한 모습 속에 담긴
보편적인 의미가 씨줄과 날줄이 얽히듯 교차하며 아름다
운 무늬를 이루는 그 순간, 시인인 '나'의 자유분방한 정신
(esprit)과 이어지며 섬세하고 정갈한 언어로 포착되어 그
것이 시의 모습으로 남아 내 인식이 한 차원 고양되는(번
지어가는) 것이다.

5. 반복과 변주

　이렇듯 그의 시 상당 부분은 하나의 소재에 대한 인식이 여러 번 반복되고 또 변주(變奏)되는데, 이는 그의 결벽증에 가까운 완벽에 대한 집착에서 비롯되는 것 같다. 그래서 「어머니」라는 자유시가 시조 「어머니」로 변주되고, 「자유」라는 시가 「정사록초(靜思錄抄) 12」로 변주되고, 「촛불」이라는 시조가 자유시 「정사록초(靜思錄抄) 14」, 「정사록초(靜思錄抄) 1」로 변주된다. 이런 시적 변주 중에서, 「촛불」이라는 시조가 자유시 「정사록초(靜思錄抄) 14」로 어떻게 변주되고 또 맑은 풍경(風磬)소리처럼 우리의 어리석음을 조용히 깨우치는 선시(禪詩) 「정사록초(靜思錄抄) 1」로 어떻게 변주되는지를 살펴보자.

　「촛불」은 시조의 4음보 형식과 3행의 행배치를 그대로 지키면서 기승전결의 4연으로 구성돼 있다. 이 시조의 시상의 흐름을 간략하게 정리해 보면 이렇다. ① 도입부에서 시적 화자인 '나'와 시적 대상인 '촛불'을 동일시한다. ② 전개부에서 '몸째로 빛을 켜들고 그믐밤을 지키'는 촛불의 존재 의미(본질)가 밝혀지고 ③ 빈 방안에서 촛불을 마주하고 '고운 얼'과 옥 같은 살결을 가진 진리(부처)를 추구하는 나의 모습으로 전환되고 ④ 언어와 분별을 여읜 경지에서 밝은 지혜에 다가서는 설렘을 촛불이 흔들리는 모습을 빌려

끝맺음을 하고 있다. 이런 구성을 통해 '나'라는 화자가 깊은 밤 촛불을 마주하고 스스로 촛불이 되어 흔들리며 어둠을 밝히는 꽃잎처럼 밝은 지혜를 깨달아가는 설렘을 압축적으로 표현하고 있다.

「정사록초(靜思錄抄) 14」에 오면 이런 자각의 과정은, 훨씬 구체적인 시어들과 다양한 시적 표현법을 통해 감각적으로 형상화된다.

어둠일레 지닌
나의 사랑은

한 올 실오라기같은 보람에
불꽃을 당겼어라
옛날에 살 듯
접동새도 우는데

눈물로 잦는
이 서러운 목숨이야

육신을 섬겨
부끄러움을 켤거나
신(神)의 거룩함을 우러러 섰을거나

이 한밤 황홀한

외로운 넋이

바람도 없는 고요에

하르르 떠는

어느 그리움에 취한

나비일러뇨

−「정사록초(靜思錄抄) 14 − 촛불」 전문

　「촛불」이라는 시조와 시상 전개는 유사하지만 그 감각적 형상화를 통해 구도자로서의 시인의 모습이 훨씬 구체적으로 다가온다. 깊은 밤에 감각적인 육신의 한계를 뛰어넘어 영혼의 거룩함을 갈구하는 외로운 구도자의 모습을 '그리움에 취한 나비'로 구체적으로 묘사한다. 고요하고 깊은 밤에 외로이 흔들리며 어둠을 밝히는 촛불의 모습을 '하르르 떠는 어느 그리움에 취한 나비'로 대상화하는 것은, 촛불처럼 잡힐 듯 잡히지 않는 진리를 향해 끝없이 나아가는 구도자로서의 우리의 모습─감각의 한계 속에 유한한 삶을 살면서도 영원한 진리에 이르고자 애쓰는 서러운 목숨(생명)─에 다름 아니기 때문이다. 이런 점에서 시인 이재복의 지향을 한마디로 압축한다면 세속적인 세간에 살면서도 출세간의 진리 추구를 멈추지 않는, 어둠 속에서 밝고 아름다운 꽃을 향해 날갯짓을 계속하는 나비의 모습이 아닐까. 결국 그에게 시는 서정이나 기교에 얽매이지 않고 진리에 이르는 고요한 깨달음을 깊은 명상을 통해 드러내는 구도(求道)의 방편임을 다시금 확인하게 된다. 이런 인식이 보다 간결하면서도 맑은 지혜의 목소리로 압축된 선시(禪詩)가 바로 「정사록초(靜思錄抄) 1」이다.

그의 「정사록초(靜思錄抄) 1」은 앞에서 살펴보았듯이, 우리가 지혜를 통해 욕심 성냄 어리석음의 어둠 속에 가려져 있는 스스로의 밝은 본성인 불성을 깨달아, 나와 이웃과 자연과 서로 의존하며 공존하는 상관상의(相關相依)의 아름다운 인연 속에서 서로를 내어주는(사르는) 관계를 맺을 때 비로소 그 존재의미를 찾을 수 있다는 깨달음을 고요하고 편안한 정밀감(靜謐感) 속에 드러내고 있다. 이것은 고승들이 중생의 무지를 일깨우느라 크게 꾸짖는 '할'도 아니고, 또 잠든 우리 영혼을 힘껏 내리쳐 지혜로운 삶으로 이끄는 따끔한 죽비소리도 아닌, 우리 영혼을 맑게 울려 주는 풍경(風磬)소리 같은 선시(禪詩)이다. 고즈넉한 오후 아담한 절집의 처마 끝에 매달려 청아하게 울리는 풍경소리! 속이 텅 빈 풍경 속에 매달린 물고기의 모습은 눈을 뜨고 잠을 자는 물고기처럼 잠든 영혼을 일깨우기 위함이런가. 그래서

시인은 「정사록초(靜思錄抄) 17」에서 '텅 비인 나의 가슴 종
(鐘)이여'라는 표현을 통해, 깊은 밤에도 잠들지 않는 맑은
영혼이 온갖 번뇌망상을 비워낸 상태에서 비로소 깨달음
이 가능함을 말한다. 그런데 「정사록초(靜思錄抄) 1」에서
는 이를 간결하면서도 맑은 지혜의 목소리로 압축하여 밝
힘으로 해서 우리들 내면에서 이에 감응하여 울리는 풍경
소리를 들어보라는 것이다.

6. 분단 현실과 분단 극복의 비원悲願

　70년대 이후 그가 거의 시작(詩作)활동을 하지 않은 것에
대해서는, 대체로 70년대 초 유신 이후 표현의 자유가 크게
위축되는 권위적인 군사정권 하에서 시를 쓴다는 것이 큰
의미가 없다는 인식 때문일 것으로 추측한다. 하지만 그가
왕성하게 시작활동을 하던 60년대까지만 해도 그는 위에서
보듯 개인적인 초월의지를 깊은 사색을 통해 맑은 이미지
로 보여주는 명상시만 쓴 것은 아니다. 그의 사상적 지향은
항상 소승적 해탈보다 대승적 보살행에 있기 때문이다. 그
는 출가 이후 줄곧 중생 속에 뛰어들어 중생과 고통을 나누
는 '살아있는 불교'의 필요성을 강조하고 재가(在家)불교의
진흥을 주장하며 이 땅에 부처님의 사랑과 자비가 꽃피게

하는 보살행을 일관되게 주장했는데, 그의 그런 인식은 일련의 시에서 확인된다. 그가 해방되던 해에 쓴 「금강교(錦江橋)」, 한국전쟁 중에 쓴 「금강호반 소견(錦江湖畔 所見)」, 한국전쟁 휴전 후에 쓴 「분열(分裂)의 윤리(倫理) – 지렁이 임종곡(臨終曲)」, 회갑이 지나서 쓴 「꽃밭」 등은 바로 우리 민족 현실에 대해 안타까워하고 걱정하며 우리 민족의 나아갈 길에 대한 애절한 비원(悲願)을 표현하고 있다. 「금강교(錦江橋)」는 민족 해방과 함께 곧바로 강대국에 의해 국토가 분단된 우리 민족의 현실을 안타까워하며 불길한 앞날을 예측하고 있다. '한 세기의 지혜를 받치어 이룩된' 금강다리가 '억세게 흐르는 현실의 물살' 위에 지주가 '파괴된 위대' 앞에서 즉 그 위풍당당한 모습이 서글프게 무너져버린 모습 앞에서 도선장에서 '수런거리는 초조한 모습의 그림자들'을 통해 우리 민족이 앞으로 겪어야 할 불길한 미래를 '뿌연 바람 이는' 모래밭으로 시각화하고 있다.

그는 「금강호반 소견(錦江湖畔 所見)」에서 한국전쟁으로 마구 부서진 육중한 철교인 금강다리의 '철근이 튀기쳐 나온 지주'에 '무거운 원한이 엉기었음'을 보면서 우리 민족의 서글픈 현실에 대해 생각한다. 가마니로 둘러친 선술집, 옹기종기 붙어 있는 난가게들, 양담배와 양과자를 파는 되바라진 아이들, 새로운 소문에 귀를 기울이는 하루살이 생활 속에서 '슬프고 호사로운 어둠이 겹겹이 밀려'온다고, 우리 민족의 힘겨운 현실에 대한 비관적 생각을 말한다.

그의 우리 민족현실에 대한 이런 생각은 「분열(分裂)의 윤리(倫理) - 지렁이 임종곡(臨終曲)」에서는 더욱 절망적으로 드러난다. 그는 우리 민족의 분열의 원인과 책임을 명확히 따지려 하지 않는다. "두 개의 단절은 어느 것이 주둥이고 꼬리인지 짐짓 분간을 못할레라." 이미 해방 직후 '억세게 흐르는 현실의 물살'로 파괴된 금강다리 앞에서 우리 민족이 앞으로 겪어야 할 불길한 미래를 '뿌연 바람 이는' 모래밭으로 예견한 바대로, 강대국에 의한 국토의 분단이 민족의 분단으로 이어지면서 급기야 동족상잔의 비극을 겪었기 때문이다. 문제는 이런 단절이 결국 어느 한 쪽의 진정한 발전도 어렵게 한다는 점이다. 그래서 그는 '뜻하지 않은 재앙에 부딪쳐 서로 피흘리다 자진해 죽어버릴 아픔이 있어 끊어진 제가끔 비비꼬아 뒤틀다 뒤집혀 곤두박질함이여!'라고 탄식한다.

검젖은 흙 속에 묻히어 찌르르 찌르르 목메인 소리. 기나긴 밤을 그렇게 세우던 지렁이 한 마리. 기다린 몸뚱아리 꾸불꾸불 햇볕 쪼이러 후벼 뚫고 나와, 검붉으리한 살결을 부끄러운 줄 모르고 질질 끌고 다니다가 어이하다 잘못 두 동강이로 끊기우고 말았다.

끊어진 부위는 정녕 허리께쯤이라 짐작이 가나 둔하게스

리 용쓰는 두 개의 단절(斷切)은 어느 것이 주둥이고 꼬리인
지 짐짓 분간을 못할레라.

　한 번 잘리운 것이매, 어찌 구차히 마주 붙고자 원함이 있
으리요마는, 한 줄기 목숨 함께 누리어 살아오던 장물(長物)
이 이런 뜻하지 않은 재앙에 부딪쳐 서로 피흘리다 자진해
죽어버릴 아픔이 있어 끊어진 제가끔 비비꼬아 뒤틀다 뒤
집혀 곤두박질함이여!

　차라리 슬픈 것뿐일진댄 또 한 번 못난 소리 찌르르 찌르
르 울기나 하련만 창자와 목청이 따로 나누인 이제야 어인 가
락인들 고를 수 있으리오. 그저 함부로 내둘러 그싯는 헝클어
진 선율(旋律)이 마지막 스러질 때까지 두 개의 미미(微微)한
몸부림이 따 위에 어지러울 따름이로다.

　　－「분열(分裂)의 윤리(倫理) － 지렁이 임종곡(臨終曲)」
전문

　그가 70년대 이후 거의 시작(詩作)활동을 하지 않은 것
은 위압적 시대적 상황뿐만 아니라 어쩌면 우리 민족현실
에 대한 이런 절망이 자리하지 않았나 싶다. 그가 회갑을 넘
긴 나이에 쓴 「꽃밭」은 우리 민족의 나아갈 길에 대해 소박
하지만 간절한 바람을 이렇게 노래한다.

　노란 꽃은 노란 그대로
　하얀 꽃은 하얀 그대로

피어나는 그대로가
얼마나 겨운 보람인가

제 모습 제 빛깔따라
어울리는 꽃밭이여.

꽃도 웃고 사람도 웃고
하늘도 웃음 짓는

보아라, 이 한나절
다사로운 바람결에

뿌리를 한 땅에 묻고
살아가는 인연의 빛,

너는 물을 줘라
나는 모종을 하마

남남이 모인 뜰에
서로 도와 가꾸는 마음
나뉘인 슬픈 겨레여

이 길로만 나가자.

　　　　　　　　　　　　　　　　－「꽃밭」 전문

　그의 명상시가 결국은 고요한 생각을 통해 진리에 이르
고자 하는 깨달음을 추구하는 시라면, 그의 참여적인 시는
그가 평생 동안 강조하고 실천하고자 했던 '성과 속' '세간
과 출세간'이 결국은 둘이 아니라 하나이기에 중생과 현실
속에서 고통을 함께하며 그들에게 고통을 여의는 법을 간
절하게 제시하고 또 함께 나아갈 것을 호소한다. 민족의 화
합과 하나 됨을 위한 노력의 전제는 한 민족의 뿌리에서 서
로 다른 색깔의 꽃을 피운 것을 인정하는 것이다. 나는 맞
고 너는 그르다는 분별을 여의고 저마다 다른 자신의 본성
을 꽃피운 남남이 나름대로 애써 이룩해온 보람을 서로 도
와 가꾸어가자는 것이다. 물론 너무나 소박한 바람인 듯하
지만, 우리가 한민족이라는 뿌리에 대한 확고한 인식만이
우리의 슬픈 민족현실을 바꾸어나가는 출발점이 될 것이라
는 점은 분명하다는 점에서 그의 삶의 행적이 응축된 진심
의 무게가 느껴진다.

　나는 맞고 너는 그르다는 분별을 여의고 저마다 다른 본
성을 인정하자는 이런 자세는 바로 불교의 공(空)사상에 바
탕을 두고 있다. 이재복은 이런 공사상을 오랜 불교 수련과
정을 통해 깨닫고 있다. 그가 쓴 「영(零)」이라는 시는 30대

중반에 쓴 시이지만, 이미 선악(善惡), 시비(是非), 고락(苦樂), 유무(有無)의 양 극단을 떠난 중도(中道)에 대한 깨달음을 노래하고 있다. 사실 '영(零)'은 우리가 흔히 '공(空)'이라고도 지칭하는데 여기에 오랜 불교교리인 '공사상(空思想)'이 자리하고 있다. 그런데 과학적 논리보다는 형이상학적 사변과 직관적 인식을 중시하는 인도수학에서 영(0)을 발견했다는 것은, 근본적이고 중대한 발전은 오히려 형이상학적 사변에서 시작됨을 입증해 준다. 이 영(0)의 발견은 10진법과 기수법 등 수학 발전과 인류문화 발전에 크게 기여하게 된다.

공사상은 부처가 보리수 아래에서 깨달은 진리인 연기(緣起)에 그 뿌리를 두고 있다. 현상계를 유전(流轉)하는 모든 존재는 서로 의존하는 상의상대(相依相待)의 인연(因緣)에 의해 생멸(生滅)하므로 고정 불변하는 자성(自性)은 없다는 것이다. 이처럼 일미래를체 만물은 단지 원인과 결과로 얽힌 상호의존적 관계에 있기 때문에 제행무상(諸行無常) 제법무아(諸法無我)로 모든 것이 공(空)하다는 것이다. 원효(元曉)는 『기신론소(起信論疏)』에서 공이라는 진리가 모든 사람에게 본래부터 갖추어져 있는 것으로 파악하였다. 본래 내 몸에 갖추어져 있는 그 진실을 자각하는 자가 곧 부처이기에, 승려·속인·남자·여자 등 모두가 깨달음을 얻어 부처가 될 수 있다고 역설하였다. 이는 대승불교의 발전과 함께 모든 존재는 다 부처가 될 수 있는 성품을 지니고 있다는 실유불성(悉有佛性)의 사고로 확대된다.

물론 영(0)의 중도가 허무함을 의미하는 것은 아니다. 중도는 자아나 존재에 대한 집착에서 벗어나야 함을 강조하기 위한 한 방편이므로, '절망에서 벗어나 구원으로 통하는 미지의 문'이 될 수 있는 것이다. 따라서 우리 민족의 화합도 서로를 부정하는 데서 벗어나 상호의존적 존재임을 서로 인정할 때 비로소 가능해 지는 것이다. 지금 우리는 그 미지의 문 앞에 있다.

1

영(零)은 나를 부정(否定)하고, 나는 영(零)을 부정(否定)한다.

여기서, 비극(悲劇)이 나를 분만(分娩)하였느니라.

2

누구의 운산(運算)으로도 어쩔 수 없는 허무(虛無)한 단계(段階)에서

나는 또 하나의 질서(秩序)를 단념(斷念)하고야 만다.

3

모든 것을 지워버리고 또 구성(構成)시키는 너는,

절망(絶望)에서 구원(救援)으로 통하는 미지(未知)의 문

이었다.

　4
　그리하여, 영(零) 아래 또 있는 아득한 수열(數列) 안에,
　숙명(宿命)을 견디어 가는 나의 기수(寄數)가 적히어 있
더니라.
　ー「영(零)」 전문

· 끝으로 이재복 시인의 시에 곡을 붙여 노래로 불리는 것들을
악보와 함께 소개하고 그 음원이나 영상을 밝혀 그의 시가 대중
에게 널리 노래로 불리길 소망해 본다.
· 지강훈의 꽃밭 : 다음(daum)이나 네이버(naver)에 '지강훈의
꽃밭'을 입력하면 들을 수 있음.
· 박홍순의 목척교 : 다음(daum)에 '박홍순의 목척교'를 입력하거
나 유튜브에 '목척교 ー 시 금당 이재복님 곡, 노래 박홍순'을 찾으
면 동영상과 함께 노래를 들을 수 있음.

작시 이재복
작곡 지강훈

꽃밭

시 이재복
곡 박홍순

木尺橋
목 척 교

금당 이재복 연보

1918 충남 공주군 계룡면 중장리에서 아버지 이정선과 어머니 이래덕의 3남으로 출생. 생후 6개월 만에 왜고뿔(일본독감)이 마을에 돌아 아버지와 형들이 이틀 만에 다 사망하여 3대 독자로 홀어머니의 과잉보호 속에 자람. 아버지는 의협심강한 호남으로 술과 도박에 탐닉해 집안이 기울어져 어머니의 삯바느질로 생계유지. 아버지에 대한 어머니의 적개심과 신경질이 아들에게 분노의 감정으로 이어지고 이것이 나중에 자신의 지나친 완벽증(결벽증)과 결합해 정신과 치료를 받게 됨.

1925 계룡공립보통학교에 입학. 2학년 때 건강 악화로 휴학했다 10세에 복학.

1932 약관의 나이로 출가해 계룡산 갑사에서 이혼허(李混虛) 스님을 은사로 사미계를 수지해 불가에 입문. 법호(法號)는 용봉(龍峰).

1935 공주 한문서숙(漢文書塾)에서 유교경전 7서(七書)를 수료. 한국불교계 일본시찰단의 일원으로 일본을 방문해 설법.

1936 공주 마곡사에 들어가 사집과와 사교과를 수료.

1940 혜화전문학교(현 동국대학교) 불교과에 입학. 대원암 중앙불교전문강원에서 당대 최고의 강백(講伯)

인 석전(石顚) 박한영(朴漢永) 스님을 모시고 6년
간 공부를 마치고 아호(雅號)인 금당(錦塘)을 받
음. 마곡사 불교전문강원 강사로 활약.

1941 육당 최남선의 서재 일람각(一覽閣)에 서사(書司)
로 근무하며 만여 권의 장서 섭렵. 당대 최고의 석
학들인 오세창, 정인보, 변영만, 이광수, 홍명희,
김원호 등과 교유.

1943 혜화전문학교를 수석으로 졸업. 서정주, 오장환,
신석정, 조지훈, 김구용, 조정현, 김달진, 김용수 등
문인 학자들과 교유하며 시 창작에 전념. 경성불교
전문강원 강사로 활동. 서주명(徐周明)과 결혼.

1945 해방 직후 충남불교청년회를 조직해 마곡사에서
주지 및 승려대회를 열고 보문중학원 설립 발의
추진.

1946 정식 보문초급중학교 설립 인가를 받아 대전 최초
의 사립중학교 개교. 교장 서리 역임. 10월에 공주
공립중학교 교사로 부임해 이어령, 임강빈, 최원
규 등을 문예반에서 지도.

1949 공주사범대학 국문학과장을 역임. 최원규, 임강
빈 등이 그 문하에서 수학함.

1953 보문고등학교 설립 인가.

1954 보문중고등학교 교장으로 취임. 1인1기(一人一

技)교육으로 문학을 비롯한 예체능 인재를 발굴
육성.

1955 한국문학가협회 충남지부장으로 선출. 충남대학
교 문리과대학 강사로 출강.

1956 동인지 《호서문단》 창간. 대한불교조계종 충남
종무원장으로 추대됨.

1957 충남문화상 문학부문 수상. 대전일보에 연작시 「
정사록초(靜思錄抄)」연재.

1959 보문고등학교 밴드부 창설 육성.

1960 충남교육회 회장에 선출. 충남사립중등학교 회장
에 선출.

1961 베트남 사이공에서 열린 세계교육자단체총연합
회 제2차 아시아위원회에 한국대표로 참석

1962 대한불교비상종회 위원에 선임되어 불교종단의
갈등해소와 단합 위해 노력. 한국예술문화단체총
연합회 충남지부장에 선출. 대한사립중등학교장
회 연합회 부회장에 선출.

1963 전담카운슬러를 두고 충남 최초로 상담실을 개설
운영. 대한교육연합회 부회장에 선출. 대전지방
법원 인사조정위원회 위원에 위촉됨. 대전시민헌
장, 대전시민의 노래 작사.

1964 동국역경원 역경위원에 위촉. 대한교육연합회 부

회장으로 일본의 교육현황 시찰.

1965 장남의 죽음으로 참척의 슬픔 겪음. 정신질환 발병해 3개월 만에 치유.

1966 대전불교연수원 창설, 원장에 취임. 전국불교종립연합회 불교교본편찬위원장에 선임. 중고등학생용 불교교본 간행.

1968 대전 사립중고등학교교장단 단장에 선출.

1969 한국문인협회 충남지부장에 선출.

1970 대전시중등교육회장에 선출.

1974 사재를 쾌척해 '금당장학회' 운영.

1975 한국불교태고종 포교원장 역임.

1977 보문중학교와 보문고등학교 분리. 보문고등학교 교장에 취임.

1978 일본사학연합회 초청으로 일본 사학 현황 시찰.

1980 문학동인회 '만다라' 창립.

1982 국민훈장 동백장 수상.

1984 일본 나고야 오도니고등학교와 자매결연.

1985 보문고등학교 24학급으로 증설.

1987 불교연수원 일요법회 1천회 기념법회.

1988 일본 나고야 오다니학원 초청으로 일본 방문. 불교계 원로단의 일원으로 미국 시찰.

1989 2만여 명의 제자를 배출하고 보문학원 퇴임. 한국

불교태고종 종립 동방불교대학장에 취임.

1991 대전불교연수원에서 지병으로 별세. 공주군 계룡
      면 중장리에 안장.

1992 대전불교연수원에 추모탑 건립.

2006 '용봉대선사 금당 이재복선생 추모기념사업회' 회
      장에 송하섭 박사 추대. 추모전집 간행 추진.

2009 대전연정국악원에서 추모제를 거행하고 추모전
      집 전8권 간행.

2014 대전문학관 야외공연장에서 제1회 금당문학축전
      열림